www.tredition.de

AF197607

Gerhard Vohs

Mütter sind auch Schwiegermütter
Mein Leben war in Butter,
dann kam die Schwiegermutter

Eine ironisch-humorvolle
Geschichte über Schwiegermütter

Foto Umschlagseite: Gerhard Vohs
Fotos Innenteil: siehe Bildernachweis
Seite 157/158

www.tredition.de

Umschlaggestaltung, Illustration: Gerhard Vohs

Lektorat, Korrektorat: Gerhard Vohs, Jörg Querner

Verlag: tredition GmbH, Hamburg

ISBN: 978-3-8495-5014-1

Printed in Germany

Das Werk, einschließlich seiner Teile, ist urheber-
rechtlich geschützt. Jede Verwertung ist ohne Zu-
stimmung des Verlages und des Autors unzuläs-
sig. Dies gilt insbesondere für die elektronische
oder sonstige Vervielfältigung, Übersetzung, Ver-
breitung und öffentliche Zugänglichmachung.

Inhaltsverzeichnis:

Mütter sind auch Schwiegermütter

1. Sie sind wie Klärgruben, außen Beton, innen scheiße

Unter dem Begriff Schwiegermutter, auch bekannt unter den Namen Drache, Monster oder Streitaxt, versteht man ein blutrünstiges, fieses Geschöpf, das seine Opfer gerne durch besonders schöne Töchter anlockt, die perfekt aussehen, verführerisch lächeln; zum Zerreißen gespannte Blusen tragen, sich in tiefergelegte Hosen zwängen und ganz besonders auf ihre Figur achten.

Während der Mann keine Angst vor dem Dicker werden hat, sich selbstbewusst mit dem Bier in die Hand vor den Spiegel stellt, hineinblickt, seinen unförmigen Bauch sieht, kräftig draufschlägt und sagt: »Joa, des sieht ja mal gesund aus!«, schämt sich die Frau, wenn die Waage ihr mal wieder vorlügt, sie sei zu dick, obwohl die Waage gar keine Dicke messen kann. Das Gewicht ist und wird immer der Hauptfeind vieler Frauen sein, die ihr ganzes Leben lang dagegen kämpfen. Sie sind der Meinung, sie würden sonst keinen Kerl abkriegen, der ihnen den Einkaufwagen schiebt oder die Einkauftaschen trägt.

Männer sind, ähnlich den Frauen, zweibeinige Wesen. Den modernen Mann erkennt man an den verschiedensten Merkmalen. So sind sie unglaublich gute Zuhörer und haben ein ausgeprägt gutes schauspielerisches Talent. Ihr Interesse an Problemen, Wünschen und Meinungen sind so groß, dass sie sich die Geschichten ihrer Frau/Partnerin immer und immer wieder von neuem erzählen lassen und so tun, als wenn sie es zum ersten Mal hören würden, nur damit sich die Liebste interessant fühlt.

Hat man dann endlich das Herz der Angebeteten im Sturm erobert, eine Traumfrau mit dunklen Haaren, schönen vollen Kusslippen, glatter Haut, Sanduhrfigur und einem

IQ über fünfzig gefunden, die dem eigenen Idealbild entspricht, stürzt man sich gerne in die Höhle des Löwen und befindet sich ebenso schnell auch in den Klauen der »Schwiegermutter«. Hier ist man eigentlich verloren, wenn man nicht den Ehrgeiz hat zu kämpfen.

Es kommt dann der Tag des persönlichen Zusammentreffens, ein erstes Gespräch zwischen seiner königlich hoheitlichen Durchlaucht und dem Kammerdiener. Hier geht es zunächst nicht um irgendwelche Demütigungen, sondern erst mal um die Erfassung des Lebensstils, der Wohn-, Kleidung-, Sprach- und Freizeitpräferenzen; mit welchen Attributen man sich von anderen abgrenzt oder sich mit anderen verbindet.

Selbstverständlich wird die Schwiegermutter bei diesem ersten gemeinsamen Date bemerken, dass man zittert wie auf drei Jahre Heroin-Entzug, weil man sich am Abend zuvor mit seinen Freunden das Gehirn weggesoffen hatte. Aber das macht gar nichts, sie wird volles Verständnis dafür haben und denken, es wäre der Respekt ihr gegenüber. Schon eine kleine Dosis davon macht viele Menschen relativ frei und befähigt sie dazu, sich gewürdigt und geachtet zu fühlen. Menschen, die an Selbstüberschätzung erkranken, benehmen sich ihrem Selbstempfinden nach besonders würdevoll und verlangen überdurchschnittlich viel Respekt. Ansonsten eignet sich Respekt auch hervorragend, um mit den Füßen getreten zu werden.

Man kann es auch damit begründen, dass das besagte Zittern damit zusammenhängt, dass man sich in dieser heruntergekommenen versifften Drecksgegend unwohl fühlt und befürchtet, dass jeden Moment ein Junkie aus dem Gebüsch gestürmt kommt und einem ein Messer in den Rücken jagt. Oder weil das Zittern durch die Schüchternheit hervorgerufen wird, was zusammen mit Schweißausbrüchen auftritt, mit konsequentem Wegschauen und mit mindestens um eine Minute verspäteten Antworten auf diverse Fragen verursacht wird. Ob derartige Aussagen wirkungsvoll erscheinen, sei erst mal dahingestellt.

Eigentlich ist es egal, ob man in einer sogenannten wilden Ehe, also in einer eheähnlichen Gemeinschaft lebt oder ob die Dame des Herzens zur Ehefrau wird und anfängt Ringe zu sammeln, an den Fingern, um die Hüften und unter den Augen. Wichtig ist nur, dass man eine Schwiegermutter in der Nähe hat, die segenreich wie ein Fliegerangriff ist

Ihre zu verrichtenden Aufgaben sind mannigfaltig gestaltet, die sie am besten erfüllen kann, wenn sie in der Nähe des zu überwachenden Ehepaares wohnt. Noch besser ist es, direkt im Haus oder in der Wohnung ihres Kindes und dessen Partner zu leben, so kann eine totale Kontrolle der Lebensgewohnheiten gewährleistet werden.

Hier wird dann durch eine zielgerichtete, aufmerksame Beobachtung ein umfassendes Protokoll erstellt, über das, was alles komplett falsch gemacht wird. Ein Erfahrungsschatz, der das zukünftige Leben prägen wird, voller Ermahnungen und Erregungen, Moralpredigten und Gemütsbewegungen, Sticheleien und Anregungen. Selbst beim Schreiben muss man verdammt aufpassen, denn man steht auf der schwarzen Liste und wird bespitzelt. Möglicherweise wird die Schwiegermutter noch einen dieser neuen Trojaner auf der Festplatte installieren, damit alle Daten an sie weitergeleitet werden. Ein Moment, in dem man stark sein muss, um sich nicht einschüchtern zu lassen.

Derartige Verfahren werden noch heute zur gezielten Überwachung von potenziellen Terroristen angewandt, um für ein unverzichtbares allgemeines Wohlbefinden zu sorgen. Es ist wie die Videoüberwachung bei Big Brother, die weniger aus Sicherheitsgründen, sondern vielmehr zur Belustigung diente. Wie die Zensur, die fachfrauliche Beurteilung, das Ausstellen eines Arbeitszeugnisses für das Deputatgesinde durch die

Schwiegermutter:

Er hat leider die an ihm gestellten Aufgaben gar nicht oder widerwillig erfüllt. Sein Einsatz als Chauffeur, um mich vom Kegeln abzuholen, war selten von Erfolg gekrönt. Er blieb meistens wegen Kraftstoffmangel auf der Autobahn liegen und musste durch den ADAC abgeschleppt werden.

Auch die Pflege und Wartungsarbeiten an meinem Pkw, wofür er verantwortlich war, wollte er einfach nicht erledigen, weil er durch Aufgabe des Tabakkonsums erheblich an Körpergewicht zugenommen hatte und nicht mehr unter das Fahrzeug passte.

Die Aufgabe des Rauchens wirkte sich auch äußerst negativ auf seine Gemütsverfassung aus. So wurden Gespräche mit mir nur noch unter Einsatz von Bier und Schnaps geführt.

Dies war aber noch nicht genug. Als er eines Tages auf dem Heimweg mich auf der Straße sah, hielt er an, winkte mich durch die geöffnete Seitenscheibe heran und klemmte durch das elektrische Hochfahren der Scheibe meine Arme und mein Kopf ein. Dann fuhr er los und schleifte mich bis zur Bewusstlosigkeit hinter sich her.

Ansonsten gehorchte er meiner Tochter, machte seine Aufgaben stets ausführlich, sodass man ihn beim Denken einzelner

Buchstaben beobachten konnte. Immer wieder wurden seine Fähigkeiten gefördert, durfte alleine einkaufen, kochen, putzen, aber es nützte nichts. Er hatte seine Ziele zwar sehr hoch gesteckt, aber nie erreicht. Lieber Schwiegersohn, ich wünsche dir viel Erfolg auf deinem weiteren Lebensweg und bin froh, dass du weg bist.

So sind Schwiegermütter. Zu ihrem Aufgabengebiet gehört an erster Stelle die Aufsicht und Herabwürdigung des mit ihrer Tochter zusammenlebenden Schwiegerkindes. Sie muss dafür sorgen, dass ihr leibliches Kind in der Ehe oder Partnerschaft den Ton angibt und dass das Schwiegerkind nicht zu mächtig und eigenständig wird; dass es im Laufe der Zeit willenlos wird, jedes Gefühl des Zwangs erfolgreich verdrängt und den Eindruck erhält, freiwillig seinen zugewiesenen Verpflichtungen nachzugehen.

Ihren Hass auf den eigenen Ehemann projiziert die Schwiegermutter auf den unterwürfigen Schwiegersohn und demütigt diesen bei jeder Gelegenheit. Die Attacken sind so vielfältig und verschieden, dass man sie nicht alle beschreiben kann. Immer wieder wird sie versuchen, den armen Mann bei seiner männlichen Ehre zu packen und ihm immer wieder vorzuwerfen, dass er nicht gut genug für ihre Tochter sei.

Sprüche wie: »Schau dir mal die faule

Sau an, sitzt da kaputt rum, nur weil er acht Stunden lang aufm Bau Zementsäcke geschleppt hat. Früher war alles besser, da gab es noch richtige Männer, da herrschte noch Recht und Ordnung. Und wie er wieder aussieht, ungepflegt und die kaputte Hose, oh Gott ne, zu meiner Zeit gab es das alles nicht.«

Hallo! Schon mal was von Mode gehört, von Designern entwickelte Produkte wie das Haargel mit Wet-Look-Effekt und die industriell zerfetzte und verschmutzte Jeans mit Pseudoflicken?

»Und die verwahrlosten Stoppeln im Gesicht«, wird dann weiter fortgefahren. »Früher sahen Drei-Tage-Bärte noch wie Drei-Tage-Bärte aus, doch die verweichlichten Mannsbilder müssen heute mindestens zehn Tage schon warten, bis ihr zarter Bartflaum auch nur annähernd so aussieht wie früher ein Drei-Tage-Bart.«

Ja, Schwiegermutter, früher! Früher saßen wir in Autos ohne Kindersitz, ohne Sicherheitsgurt und ohne Airbag. Unsere Bettchen waren mit Farben voller Blei und Cadmium angestrichen. Auch die bunten Holzbauklötze, die wir in den Mund nahmen, waren nicht anders.

Die Fläschchen aus der Apotheke konnten wir ohne Schwierigkeiten öffnen, genauso wie die Flasche mit Bleichmittel. Türen und Schränke waren eine ständige Bedrohung unserer Fingerchen.

Wenn wir zu faul zum Laufen waren, setzten wir uns hinten auf das Fahrrad unseres Freundes – natürlich ohne Helm. Wasser tranken wir aus Wasserhähnen und nicht aus Flaschen. Ein Kaugummi legte man am Abend auf den Nachttisch und am nächsten Morgen wieder in den Mund; wir aßen ungesundes Zeug, keiner scherte sich um Kalorien und wir wurden trotzdem nicht dick.

Frühmorgens verließen wir das Haus und kamen erst wieder, wenn die Straßenbeleuchtung bereits eingeschaltet war. In der Zwischenzeit wusste niemand, wo wir waren, und keiner hatte ein Handy dabei. Keiner brachte uns, keiner holte uns; wir bauten Seifenkisten und entdeckten während der ersten Fahrt den Hang hinunter, dass wir die Bremsen vergessen hatten; spielten Straßenfußball und nur wer gut war, durfte mitspielen. Die anderen mussten zusehen und lernen mit Enttäuschungen umzugehen, ohne Kinderpsychiater.

Auch wir tranken Alkohol und wurden nicht alkoholsüchtig; tranken aus der gleichen Flasche wie unsere Freunde und keiner machte Theater oder wurde gleich krank. Das Fernsehprogramm begann um 18.00 und die Eltern bestimmten, was und wie lange TV geglotzt wurde.

Wir hatten nichts, aber wir hatten Freunde; hatten Freiheit, Misserfolg, Erfolg und Verantwortung, mit denen wir umgehen mussten und wir konnten damit umgehen.

Ja, früher. Eine Floskel, die immer wieder von Älteren benutzt wird, um die Vergangenheit aufzuarbeiten. Eine mythische Zeit, während der die Welt noch in Ordnung war.

Doch als die Jahre des 20. Jahrhunderts sich entwickelten und sich dann auf der ganzen Welt in das 21. Jahrhundert ausbreiteten, wurde diese Veränderung bei vielen Menschen, die zur Zeit der Weltwirtschaftskrise geboren wurden, nicht bemerkt.

2. Ich hab gerade Zeit, wo gibt es nichts zu tun

Ältere Schwiegermütter sind meistens auch Omas, wenn Enkelkinder da sind. Sie entwickelt dann einen sehr klebrigen Stoff, der, sobald die Kinder erst mal mit ihm in Kontakt gekommen sind, sich kaum noch ablösen lässt. Ein Mittel, um endgültige Dinge zusammenzufügen. Dabei werden die gut zu manipulierenden Kinder erst mal gegen die Mutter und dessen »Neuen« aufgewiegelt, wo dann Behauptungen aufgestellt werden wie: »Eure Mutter ist ein billiges Flittchen, die geht doch mit jedem ins Bett und kochen kann sie auch nicht.«

Nicht viel anders ergeht es einer Schwiegertochter, wo dann der Sohn von seiner Mutter auf die Unzulässigkeit aufmerksam gemacht wird, dass seine Frau den Haushalt schlampig führt. Auch hier Sprüche wie: »Schau dir mal die Spüle an, überall Wasserflecke. Eine richtige Schlampe und kochen kann sie immer noch nicht. Den Fraß kann kein Mensch essen, da wird man von krank.«

Auch hier ein Hallo mit Ausrufezeichen! Wasser hinterlässt nun mal Wasserflecke in der Spüle. Das ist für einen Menschen nicht ärgerlich, für eine Ameise, die gerade unter einem Tropfen vorbeigeht, wohl eher die Aufregung des Jahrhunderts.

Um in Zukunft Gegenmaßnahmen zu treffen, könnte man die Küche für die Schwiegermutter isolieren, sodass sie die verachtungswürdigen Wasserflecke nicht mehr zu Gesicht bekommt. Andererseits wäre ein wirksames Mittel auch das ständige Putzen mit hochätzenden Chemikalien und Poliermitteln, die ungesund für die Familie sind, auf Dauer den Partner aus der verseuchten Wohnung treibt, kurz danach selbst an Atemnot leidet, aber den Ausruf der Schwiegermutter »Schau dir mal die Spüle an, überall Wasserflecken. Eine richtige Schlampe …« vermeidet. Dritte Möglichkeit wäre, eine Selbsthilfegruppe aufzusuchen, um in den täglichen gemeinsamen Meetings Strategien zu entwickeln, wie man am besten mit dieser Kritik fertigwird.

Hier sitz man dann in ungemütliche neonlichtbeleuchteten Räumen auf dem Fußboden mit angewinkelten Oberschenkeln und stellt sich vor:

»Guten Tag, mein Name ist Gehrt, ich bin 59 und habe da ein Problem.«

»Hallo Gehrt, was ist dein Problem?«

»Ich würde gerne heiraten und meine Schwiegermutter für die nächsten zehn Jahre in den Urlaub schicken.«

»Die Idee gefällt mir! Haben Sie nicht Lust, eine meiner Töchter zu heiraten?«

Dann wird noch stundenlang über das Krankheitsbild des Kanarienvogels sinniert sowie über die Gewaltphantasien der Schwiegermutter, die man am liebsten über den Haufen fahren würde, wovon der Therapeut aber abrät, stattdessen Antidepressiva verordnete, die nicht wirklich helfen und nur noch aggressiver machen.

Ja, und zum Thema kochen: schon mal darüber nachgedacht, dass deutsche Küchen in den letzten Jahren durch den Einfluss von Arbeitsmigration und Massentourismus internationalisiert wurden? Deutsches Essen wird doch nur noch mit der Offenbarung des Fettes assoziiert, mit deftigen, fleischlastigen Speisen, wie Haxe, Saumagen, Kotelett, Zwiebelcremesuppe mit ordentlich viel Creme fraiche.

Schon Ende der 60er Jahre, als die deutsche Küche sich ziemlich stark verändert hatte, weil man sich endlich mal satt essen konnte, war bei den Studenten Spaghetti mit Tomatensauce deshalb so beliebt, weil sie als symbolischer Protest gegen die Elterngeneration angesehen wurde.

Schwiegermütter versuchen immer wieder ihre Schwiegerkinder durch kleine Sticheleien und Herabwürdigungen zunehmend zu verunsichern, bis viele von ihnen tablettensüchtig werden oder gar dem Alkohol verfallen. Es ist wie die Freisetzung der Euphorie, wenn man erst mal ein Gästeklo mit drei bunten Pferden sieht, ein Schwertwal in der Wüste und zwei Kakerlaken, die sich zusammen mit drei Stühlen putzen.

Dann kommen wieder die Sprüche wie: »Was säuft der Kerl nur so unkontrolliert. Von wegen, es wird nur probiert, um die Qualität festzustellen. Früher hätte es das alles nicht gegeben, der ist doch süchtig.«

Es ist nicht die Sucht! Es ist, als wenn jemand dem Schicksal verfallen ist und acht Stunden am Tag sich eines Computerspieles widmet. Das wird dann als schlichte Begeisterung oder als starkes Interesse beziffert, weil es eine Unmenge an Spaß mit sich bringt.

Nicht viel anders bei der Schwiegertochter, wenn die Mutter des Sohnes anstößig spricht:

»Kind, wie siehst du denn heute wieder aus, wer so wenig auf sein Äußeres achtet, muss sich nicht wundern, wenn der Mann sich in eine andere verliebt oder in den Puff geht.«

Puff, ein Wort mit ausgeprägten Eigenschaften. Zum einen ein mittelalterliches Würfelbrettspiel, eine moderne Variante des Backgammons; zum anderen einen gepolsterten Schemel, eine Art Fußbank. Auch ein stoffüberzogener Wäschebehälter wird so genannt, die Lautmalerei in Comics; in der Biologie eine Stelle, an der gerade Informationen aus der DNA eines Riesenchromosoms gelesen werden oder die umgangssprachliche Bezeichnung für ein Bordell. Was wohl wirklich gemeint war, steht in den Sternen geschrieben.

Als Schwiegermutter im Rentenalter hat man viel Zeit; Zeit, den ganzen Tag nachzudenken. Es beginnt morgens mit dem stundenlangen Stehen vor dem Spiegel und den ständigen Fragen: »Was soll ich bloß anziehen? Das bunte Kleid in Blumenmuster, darüber eine weiße Tunika mit lilafarbener Borte oder lieber das blaue Bunnykleid mit den weißen Tupfern und darüber die geblümte oder die rosa Kittelschürze?«

Fragen über Fragen, die eine Antwort erwarten, obwohl man im Vornherein schon weiß, dass keine Antwort kommen wird, denn man ist sich bereits im Klaren, das Gleiche anzuziehen wie gestern.

Bald darauf folgt die Überlegung, was man denn zu Mittag kochen könnte, Spaghetti nach Art der schwarzen Carola; gelbe Wachsbrechbohnen mit Kartoffeln, dazu Henne-Berta-Salat; oder Steckrübengemüse mit Dörrfleisch?

Anschließend muss geklärt werden, welcher Kuchen zum Kaffeeklatsch mit den Nachbarinnen gereicht wird. Apfelkuchen, Baumkuchen, Bienenstich, Eierschnecken, Butterkuchen, Gugelhupf, Hefekuchen, Käsekuchen, Rührkuchen, russischen Zupfkuchen, Pflaumenkuchen, Sandkuchen, Streuselkuchen, Schokoladenkuchen oder einfach einen Teekuchen mit Rosinen.

Kommt der Gatte freitagabends schwer geschafft von seinem täglichen Angelausflug nach Hause, so müssen erst mal dessen Abendbrotwünsche bedacht werden. Deftige Hausmannskost, ein, zwei Flaschen Bier und ein Doppel-Körnchen.

Ja, die Schwiegermutter muss sich schon sehr anstrengen, um immer wieder neue Ausreden zu erfinden, damit Letzteres ständig in Vergessenheit gerät.

Zwischendurch werden dann noch unternehmerische Kaffeefahrten gemacht, die in autobahnartige Wüstenregionen zu abgelegenen Gasthöfen mit geringer Infrastruktur führen, wo dann staunenderweise geschwärmt wird, als hätte man am Eau-de-Delirium-Parfüm geschnüffelt: »Ach ist das aber idyllisch hier, hier würde ich gerne wohnen. Hier hätte ich Zeit, mich mal so richtig zu entspannen.«

Ja, die Zeit, sie ist das, was uns plagt, was uns reizt und wovon wir abhängig sind. Sie ist aber auch das, wenn man sich mit ungeahnter Geschwindigkeit an eine frei werdende Kasse drängelt, um ein ausgiebiges Schwätzchen mit der Kassiererin zu halten: »Sagen Sie mal, sind weiße Eier anders als braune? Haben die weiße Dotter? Was, das Internet gibt es jetzt auch für Computer? Ja und wo sitzt denn der Kameramann auf dem Formel-eins-Auto?«

Manche haben ewig Zeit, bis der Postmann zweimal klingelt. Das ist dann die Zeit, die nur äußerlich wirkt.

Aber dem Äußerlichen, also dem Aussehen wird viel zu wenig Achtung in der Gesellschaft zugeschrieben und gilt oftmals als verpönt. Manchmal sieht man aber auch dumm aus, ohne sich äußerlich verändert zu haben.

Zeit wird auch dafür verwendet, die Schwiegerkinder jahrelang zu unterdrücken und zu demütigen, bis sie in einer Psychiatrie landen. Hier erhalten sie dann von den Leidenskolleginnen und Leidenskollegen Zuspruch, Rat und Trost oder werden in betreuten Wohngruppen durch Psychotherapeuten mittels traumatischer Therapien wieder resozialisiert, um eine Rückkehr in ein normales Leben zu ermöglichen.

Das sind denn so die Momente, in denen man die Schwiegermutter fragt: »Kann ich dir sonst noch was anbieten? Mantel? Taxi?«

3. Sie sind keine Engel mit Flügeln, aber dafür Miststücke mit Charakter

Unter Charakter versteht man die persönliche Kompetenzen, die die Voraussetzung für ein moralisches Verhalten bildet und dessen Bandbreite dabei von rührselig süß bis hin zur übelsten Sorte verläuft. Charakterstärke zeichnet sich durch die unbändige Durchsetzungskraft aus, etwas zu bewegen und in der Welt zu vertreten. Gegen solche Ritter ist kein Kraut gewachsen. Charakterschwäche wirkt hingegen anders. Sie zeichnet sich dadurch aus, dass sie dem Träger dieser Schwäche Stück für Stück das Rückgrat bricht.

Das Wort Schwiegermutter hat allerdings viele unterschiedliche Charakterbilder. Zum einen ist es eine Leuchttonne in der Flensburger Förde vor der Grenze zu Dänemark. Aber warum ist es gerade eine Tonne? Weil es auch als Fass bezeichnet wird und so zur Bemessung des Bierkonsums auf einer Party benutzt werden kann? Oder weil es in Deutschland ein gültiger Multifunktionsgegenstand ist, in den man alle Arten von Müll entsorgen kann? Vielleicht auch, weil die dahinter liegende Nation prädestiniert ist, Leute, deren Zeitgeist nicht mehr der heutigen Ära entsprechen, für die Verbannung auszunehmen.

Zum anderen ist es eine umgangssprachliche Bezeichnung für einen Klammerentferner, ein Werkzeug zum Entfernen von Heftklammern aus Papier und Holz. Warum? Weil möglicherweise die mit einem Tacker produzierten schlagkräftigen Argumente einen daran hindern sollen, auf die Zuneigung seiner Schwiegermutter zu verzichten? Oder weil manche Schwiegermütter dumm aussehen, ohne sich äußerlich zu verändern, und deshalb entfernt werden müssen? Andernfalls könnte es auch die Form beziehungsweise die spitzen Zähne sein, die für derartige Personen namensgebend geworden sind.

Auch die Einfädelhilfe, ein Plättchen mit einer rhombenförmig gebogenen Drahtschlaufe an der Spitze, um einen Nähfaden besser durch ein Nadelöhr führen zu können, wird als Schwiegermutter bezeichnet. Aber warum ausgerechnet so ein kleiner Helfer? Weil er mit der Schlinge aussieht wie ein Folterinstrument, das jahrhundertelang Menschen in Angst und Schrecken versetzt hat? Weil man jeden damit willenlos machen kann, um ihn dann nach seiner Nase zu züchtigen? Oder weil man mit so einem satanisch perfektionierten Instrument die Wirkung von Seilen verstärkt, die man dem Schwiegersohn gerne um den Hals legen würde?

Selbst in der Medizin ist das Wort Schwiegermutter unumgänglich geworden. Nicht, dass jeder Arzt eine haben sollte, nein, es ist die Bezeichnung einer Klammer, die sich mit vier spitzen Haken in einen elastischen Verband krallt. Neben der seit Menschengedenken unveränderten farblichen Gestaltung und ihrem lästigen, schmerzenden Stechen durch den Verband hindurch, fanden Ärzte den Namen »Schwiegermutterklammer« für angemessen. Das assoziiert sich auch mit der realen Verhaltensweise derartiger Mütter, die genauso stachelig und lästig sind. Andererseits kann es auch die Bedeutung bestimmen, dass Schwiegermütter von

Frauen, also Mütter von Männern, ihre Söhne nicht loslassen wollen und sie sich deshalb an ihnen klammern.

Selbst für das Pflanzenschutzmittel E 605, Parathion genannt oder auch Thiophos, wurde der umgangssprachliche Begriff »Schwiegermuttergift« verwendet, da es für viele bekannt gewordene Suizide und Morde verwendet wurde. Der erste weltweit dokumentierte Mord mit E 605 wurde 1952 von der deutschen Serienmörderin Christa Lehmann verübt. Ein flüssiges Mittel, das äußerst toxisch gegen Insekten, Warmblüter und anderes Ungeziefer eingesetzt wurde. Nicht zu verwechseln mit dem blonden Gift, das sind Frauen, für die man seinen Verstand aufgibt.

Die im mittleren und südlichen Afrika lebenden Bantustämme bedienen sich einer Vermeidungsprache, die auch »Schwiegermuttersprache« genannt wird. Eine spezielle sprachliche Variante, die viel kleinere Grundvokabulare aufweist als die Normalsprache. Sie dient der Kommunikation ganz bestimmter Verwandter, unter anderem mit der Schwiegermutter, wenn denn unbedingt mit ihr ein Gespräch geführt werden muss.

Ein wissensbasiertes Frage-Antwort-Spiel, dessen Ergebnis nicht das geringste Resultat ergab. Wobei sich hier nun die Frage stellt, was war zuerst da? Adam oder Eva? Der Anfang oder das Ende, verfaulte Zähne oder

der Bonbon, das Huhn oder das Ei?

Doch wird bei der Huhn-Ei-Henne-Theorie immer wieder behauptet, dass das Huhn zuerst da gewesen sei, bevor man die morgendlichen in der gusseisernen Pfanne zubereiteten Rühreier genoss.

Andererseits steht auch in der Schöpfungsgeschichte des Alten Testaments, dass Adam zuerst erschaffen wurde und danach erst die Eva, die den verbotenen Apfel verschlang und so die Menschen aus dem Paradies vertrieb.

Doch die wirklich wichtigen Dinge wurden stets von Männern verrichtet, die das Weltgeschehen bestimmten, während Frauen bewundernd daneben standen und zusahen. So war Adam der Erste, der für die Erhaltung der Menschheit sorgte, als Eva sich meldete und bei ihm sämtliche Sicherungen durchbrannten. Ab dann waren Frauen für die Herstellung von Waffen und Kleidung zuständig, für das Sammeln von Kräutern zum würzen, für das Feuerholz- und Wasserholen sowie für die Erziehung der Kinder, während der Mann nach acht Stunden Jagd mit einem Kaninchen und drei Ratten für die Ernährung sorgte. Dabei merkten sie schon damals, dass sie von den Müttern kontrolliert wurden, die sich darauf abrichteten, Gefühle jeglicher Art zu verbergen, zu unterdrücken und zu ignorieren.

Dieser Urinstinkt ist auch heute noch tief in der schwiegermütterlichen Psyche verankert, was einen bislang undefinierten Gendefekt vermuten lässt und oft bei der Kommunikation zu Missverständnissen und meist zu laut verbal ausgetragenen Konflikten führt.

In der Regel sind es falsch definierte Dinge, die durch eine genauere Interpretation von alleine verschwinden könnten, wie zum Beispiel das Gespräch zwischen Schwiegermutter und Tochter:

»Meine linke Brust ist viermal so groß wie meine rechte«, worauf die Tochter antwortete: »Mama, einerseits soll ein BH die Brust ästhetisch formen und ein der Mode entsprechendes gefälliges Aussehen verschaffen, aber anderseits wäre es auch ratsam, das Sofakissen aus dem einen Cup zu nehmen.«

Hier stellt man sich die typische Frage: »Was tust du, wenn deine Schwiegermutter auf dich zugewankt kommt?« Die Antwort lautet: »Noch mal schießen!«

Böse Zungen behaupten sogar, dass Schwiegermütter die nettesten und zartesten Wesen auf unserem kugelförmigen Planeten seien, dass sie verständnisvoll, fürsorglich, zuvorkommend seien und niemals nur einen Hauch von Neugierde versprühten. Ihre wunderbaren, mitfühlenden Seelen steckten in den zauberhaftesten Körpern, die unser Seevermögen seit der Pharaonenzeit je gesehen habe. Die Zeit mit der Schwiegermutter zu verbringen, auch auf engstem Raum und auf unbestimmte Zeit, sei für manch erwachsenes Kind die Erfüllung schlechthin.

Zusammenhalt ist also der einzige Weg zu einem glücklichen und spirituell erfüllten Leben. Eine polygame Konstellation, bei der Schwiegermutter, Schwiegerkind und leibliches Kind in einer relativ harmonischen Dreierbeziehung leben. In solch einer Beziehung herrscht eine klare Hierarchie. Schwiegermutter, die Patrona oder auch Donna genannt, übernimmt die Herrschaft und wacht mit Argusaugen darüber, dass das leibliche Kind nicht von dem Schwiegerkind bevorzugt wird. Dieser Randordnung muss von den Kindern unbedingt Folge geleistet werden, da sonst Abschiebung droht.

Eine freiwillige Ausreise, wo man dem Schwiegersohn diabolische Flüche mit auf den Weg geben kann. Und weil Rechte und Freiheiten immer gut sind, selbst in einer Demokratie, kann der so auf Urlaub und Erholung bezogene Begriff ein für die Schwiegermutter positiv entwickeltes Resultat ergeben.

Es kann aber in einer Beziehung auch

vorkommen, dass das Ehepaar oder die eheähnliches Gemeinschaft die Strategie der Schwiegermutter rechtzeitig durchschaut und sich gegen diese verbündet. Hier kommt die Ironie des Schicksals zum Tragen, wo man den Spieß umdreht und ihr unmissverständlich klarmacht, dass sie eigentlich recht hat.

Die Ironie ist ein ausdrucksvolles Sprachmittel, kann aber auch als rhetorisches Sprachlosmittel dienen, indem es gezielt eingesetzt wird, um bei der weniger reich mit Intelligenz gesegneten Schwiegermutter einen Verlust der Sprache zu bewirken. Nach einer gewissen Zeit sollte man dann die Schwiegermutter entweder des Hauses verweisen oder ins Ausland verbannen.

4. Schwiegermütter sind wie Tierfreunde, machen einen ständig zur Sau

Es ist völlig unwichtig, ob »Schwiegersohn der erste« mit einem Fußtritt aus dem Fenster befördert wurde und nun »Schwiegersohn der zweite« auf dem angesägten Stuhl Platz nimmt, so lange das Streben der Schwiegermutter nach Macht an der Tagesordnung steht. Folge: die Unbeliebtheit der Schwiegermutter steigt ins Unermessliche und mit ihr der Einfluss auf die Familie.

Als Familienoberhaupt ändert sie dann die Familienstruktur und sie erhält absolute Narrenfreiheit, weil fortan ihre Meinung in jeder Lebenslage gefragt sein wird.

Doch diese Machtergreifung ist nur eine auf den eigenen Vorteil ausgelegte Intrige, eine Hinterlistigkeit zum Leid der Kinder; und was bleibt, ist die entscheidende Frage: Lohnt sich das?

Folgende Geschichte eines betroffenen Schwiegersohnes soll veranschaulichen, was mit einer solchen ausgeprägten Machtposition erreicht werden kann:

Es begann alles kurz nach der Hochzeit. Die Mutter der Ehefrau zog in die Einliegerwohnung, da ihr Mann kurz vorher an einer Überdosis Saumagen verstorben war. Etwas skeptisch willigte der Ehemann ein, worauf er mit vorzüglichem Essen und viel ausgefallener Erotik für sein Einverständnis belohnt wurde.

In den ersten Wochen war die Schwiegermutter sehr freundlich, aufgeschlossen, nicht hinderlich und manchmal auch hilfsbereit. Sie führte ihr eigenes Leben, hatte eine separate Wohnung und ließ alle in Ruhe.

Doch dann kam die Zeit, als man sie immer öfters in der Wohnung des Ehepaares antraf, besonders dann, wenn der Ehemann abends müde von der Arbeit nach Hause kam und sich ausruhen wollte. Meistens saß sie in der Küche und wenn der Ehemann aß, sah sie ihm zu, sodass ihm jeder Bissen im Halse stecken blieb. Dabei nervte sie immer wieder mit den gleichen Fragen:

»Wie lange willst du diesen miesen Job als Versicherungsvertreter noch machen? Du musst wissen, wir sind sehr anspruchsvoll und auf Dauer wird sich meine Tochter mit diesem bescheidenen Leben nicht zufrieden geben. Du musst ihr einfach mehr bieten, sonst läuft sie dir irgendwann davon. Außerdem solltest du etwas für dein Äußeres tun, die meisten Männer in deinem Alter sehen bedeutend attraktiver aus, schau dir mal deine Hängewampe an, das ist ja widerlich!«

Man merkt sofort, dass die Schwiegermutter aus gutem Hause kommt, einer Hochkultur, die zur Herrschaft, Fettleibigkeit und Arroganz führt. Natürlich gibt es Menschen, die mehr Geld zur Verfügung haben als man zum nackten Überleben braucht, aber das sind Steuerhinterzieher, die irgendwann in den Genuss kommen, mit einer eigenen CD auf dem Markt zu erscheinen, auf der ihr ganzer Lebenswandel gebrannt wurde. Für den Normalbürger ist es beinahe unmöglich reich zu werden, da alles, was man besitzt, vom Staat aufgesaugt wird, um es danach an die Politiker zu verteilen.

Tage später wurde der Schwiegersohn von seiner Schwiegermutter während eines Abendessens mit Freunden beiseite genommen und ihm eine Packung Viagra in die Hand gedrückt. Ein Genitalheber in Tablettenform, den es demnächst auch in flüssiger Form gibt, damit dem Begriff »einen heben« eine ganz andere Bedeutung zugemessen wird. Dabei ließ sie so laut und deutlich die Worte verkünden, dass jeder im Raum sie hören konnte:

»Hier, mach was draus, meine Tochter hat Notstand und wenn du Schlappschwanz ihn nicht mehr hochkriegst, dann nimm wenigstens Tabletten gegen deine Erektionsstörungen.«

Das war der Moment, in dem man Angst bekam und dachte, irgendwas läuft hier schief. Eine Phobie? Eine Schwiegermutterphobie? Eine unbegründete und anhaltende Angst vor der Überwachung, vor dem ängstlichen Antrieb. Seine Ehefrau wurde zunehmend unnahbar und verweigerte immer öfters den Verkehr, später auch den ganz normalen Blümchensex.

Eines Tages, nachdem er nach Hause kam, passte der Schlüssel nicht mehr in die

Haustür. So klopfte er an der Tür, zuerst ganz sachte, dann etwas doller, schließlich mit der Faust. Dabei rief er immer wieder den Namen seiner Ehefrau, worauf die Schwiegermutter durchs Küchenfenster schaute und entgegnete:

»Du wohnst jetzt in der Einliegerwohnung, der Schlüssel liegt unter der Fußmatte. Sonntags von zwölf bis dreizehn dreißig kannst du zu uns kommen, um den Jungen zu sehen, ansonsten brauchst du dich hier nicht mehr blicken lassen und von der Tochter hältst du dich besser ganz fern.«

Verzweifelt ging er zur Einliegerwohnung, nahm den Schlüssel, der tatsächlich unter der Matte lag, ging hinein und rief erst mal seinen Kumpel an, um Rat zu holen. Doch der legte einfach auf, nachdem er kurz in den Hörer geschrien hatte:

»Du altes Drecksschwein!«

Schockiert schaute er in die Hörmuschel, aus der bedrohlich erregende Worte seines besten Kumpels zu hören waren. Er wusste nicht, wie ihm geschah, verlor plötzlich einen Freund, dachte aber, dass sich das in irgendeiner Weise wieder einrenken wird. Am nächsten Tag rief sein Chef auf dem Handy an und offenbarte ihm:

„Herr Kollege, Sie sind fristlos entlassen. Mit Pädophilen kann und will die Versicherungsgesellschaft nichts zu tun haben.«

Betroffen stand er da und ließ sich das relativ kurze, aber doch gehaltvolle Gespräch nochmals durch den Kopf gehen. Er war auf einmal arbeitslos, ein Freizeitgestalter in einer Kreativpause, eine Zeitmillionär. Doch ein Unglück kommt selten allein.

Als er nach Hause in die Einliegerwohnung kam, fiel er aus allen Wolken. Im Briefkasten lag eine Vorladung, die ihn zum persönlichen Erscheinen auf dem Polizeipräsidium aufforderte. Wird der Aufforderung nicht Folge geleistet, wird Haftbefehl erlassen und Vollzug veranlasst. Ein Leben in der JVA, in einer geschlossenen Einzelzelle, so sah er plötzlich seine Zukunft, aber warum nur, was hat er gemacht?

Bei dem Termin wurde ihm von einer reanimierten Karteileiche, einem Beamten, erklärt, dass gegen ihn eine Anzeige wegen Kindesmisshandlung vorliege und er somit die Stadt bis auf Weiteres nicht verlassen dürfte.

Zuhause angekommen, wartete die Schwiegermutter bereits auf ihn und sprach: »Meine Tochter wird sich von dir scheiden lassen, weil du das Kind unsittlich berührt hast. Hier sind die Papiere von unseren Scheidungsanwälten. Es wäre besser für dich, wenn du dich so schnell wie möglich aus dem Staub machst.«

Tage vergingen und er saß immer noch frustriert in der Einliegerwohnung herum, beobachtete die Kakerlaken, wie sie am Boden kriechen und ihn auslachten. Dann klingelte es auf einmal an der Tür. Wer könnte das wohl sein? Der Postbote, der nur noch Mahnungen bringt und dabei noch unverschämt lächelt? Die Nachbarschaft, die mit Mistgabeln und Fackeln ihre Liebe zu ihm zeigen wollte? Nein, was für eine Überraschung, es war der Gerichtsvollzieher, der sich diesmal den Fernseher ausleihen möchte.

»Egal«, dachte er sich. Soll er ihn mitnehmen, den DVD-Player hat er ja schon letztes Mal mitgenommen, ohne ihn zurückzubringen, und so was nennt sich ein Freund.

Inzwischen ist die Wohnung ganz leer, Platz genug, um sich schlechter zu fühlen. Er war auf einmal ein gebrochener Mann, ohne Job, ohne Familie, ohne Freunde, ohne Perspektive, suchte nach Menschen, die ihn akzeptierten, gab aber die Suche schnell wieder auf.

So fing er an über sein Leben nachzudenken, machte sich Sorgen über die Zukunft und da kam ihm die entscheidende Idee. Es war keine Schnapsidee, die einem im betrunkenen Zustand einfällt; keine Geschäftsidee, mit der man in Sekunden Millionär werden kann; auch keine fixe Idee, die nur vorübergehenden Charakter hat, und schon gar keine Orchideen.

Er hätte Luftsprünge machen können über die Abwechslung, die er mit seiner Idee in sein Leben bringen würde, wenn es nicht alles so traurig wäre. So vollzog er sein Vorhaben, nahm einen Gürtel und erhängte sich an der Heizung. Doch das ging leider schief, der Gürtel riss und er hatte sich nur eine Kehlkopfverletzung hinzugezogen, die allerdings schnell verheilte. Dann nahm er Tabletten, eine Durchdrückpackung mit 21 Pillen, stellte aber schnell fest, dass der Ovulationshemmer zur Hinterlassenschaft seiner Frau gehörte. Danach versuchte er es mit dem Sprung aus dem Fenster, doch er wohnte im Erdgeschoss und landete daraufhin nur im Rosenbeet.

Seit einigen Monaten geht er nun zu einem Wohlfahrtsverband, der ihm ein wenig Halt gibt. Er versucht auch vor den Sitzungen immer nüchtern zu bleiben, was aber sehr, sehr selten gelingt. Als Mitarbeiter von Peter Hartz den vierten wohnt er inzwischen in einem Männerwohnheim und wird als potenzieller Pädophiler ständig vom Jugendamt und der Kripo überwacht.

Seine Kinder darf er nicht mehr sehen,

seine Frau hat einen Neuen und seine Ex-Schwiegermutter ist wieder voll in ihrem Element, die Krallen an der neuen Marionette auszufahren.

Das Ergebnis einer tiefen Verletzung, einer schmerzlichen Situation, der man ohnmächtig gegenübersteht, da man sie aus eigener Kraft nicht verändern kann. Es entsteht Hass, eine Bereitschaft zur Feindseligkeit: »Auch du, liebe Schwiegermutter, würdest dich gut in der Wohnung machen, in einer Urne auf dem Kamin.«

Doch Ausnahmen bestätigen die Regel. Zwar gibt es Ausnahmen, mit denen man gar nichts erreichen kann, wie zum Beispiel, wenn man in seiner Lieblingspyjamahose die Tür öffnet und ausgerechnet die Nachbarin deiner Träume vor dir steht und um zwei Eier bettelt, doch dem sollte man gelassen gegenüberstehen.

Ausgenommen wurden alle schon mal, die einen von Straßenräubern, die anderen von anderen diebischen Stellen wie dem Finanzamt. Oder von Türken, die am Strand von Alanya zufälligerweise grad das letzte Stück Berliner Mauer dabei haben und es für 'n Appel und n' Ei, also für ca. € 500 an den Mann bringen wollen.

Als Ausnahmen kann man auch verstehen, wenn die privaten Fernsehsender spannende Spielfilme mit nur vierzehn Werbeblöcken unterbrechen.

Doch es kann auch alles ganz anders kommen:

Es war eines schönen Sommertages, der Himmel war blau und die Sonne schien in ihrer ganzen Pracht. In leicht verdreckten Jeans, einem ausgeleierten Pullover und Schuhen, die sich vom Fußschweiß ernährten, ging er durch den Park und dachte sich:

»Hier lässt es sich gut leben. Reichlich Bänke zum Schlafen sowie Essensreste in den daneben stehenden Abfalleimern und auch für Literatur in Form alter Zeitschriften ist gesorgt. Da vorne eine Vogeltränke, wenn die sich noch innerhalb der nächsten drei Monate mit Regenwasser füllt, kann ich meinem halbjährlichen Reinigungszyklus nachgehen. Und zum Zähneputzen befinden sich immer mal wieder Kaugummis unter den Bänken.«

Seine linke Hand fing an zu jucken. Er öffnete sie, schaute hinein, fing fürchterlich an zu kratzen und plötzlich drückte jemand im Vorbeigehen ihm einen zwanzig Euroschein in die Hand. Verblüfft schaute er den Schein an, vermochte zu träumen, war sich nicht sicher, ob er gemeint war. Doch bevor er sich bedanken konnte, war die unbekannte Person bereits außer Reichweite.

Was für eine immense Summe lag da in seiner Hand, ein steuerfreies Einkommen, mit dem man viel erreichen konnte. So kann man sich mal so richtig satt essen, sich einmal volllaufen lassen oder einfach mal Lotto spielen.

Er dachte nach und entschied sich für alle drei Varianten; ging zuerst in die Annahmestelle, füllte dort sechs Kästchen des Lottoscheines aus und gab ihn ab. Danach kaufte er sich zwei Flaschen Bier und eine Currywurst mit Pommes. Zufrieden ging er in den Park, setzte sich auf eine Bank und dachte:

»Was gibt es doch für nette Menschen auf der Welt. Ich habe zu essen, zu trinken und getippt, habe Spiel, Spaß und Spannung.«

Seine damalige Schwiegermutter war immer der Meinung, dass er niemals zu den netten Menschen gehören würde, dass er niemals wohlgefällig sein wird, nur weil er mal zu ihr gesagt hatte:

»Ich geh mal eben kacken, soll ich dir was mitbringen?«

Die Currywurst war vorzüglich, die Pommes lecker und das Bier süffig. So schlief er auf der Parkbank ein und wachte erst am nächsten Morgen wieder auf. Es war ein Samstag , ein Tag, an dem man kurz vor Schluss beim Bäcker noch etwas Brot bekommen würde, um das Wochenende zu überstehen.

Gegen Abend fing seine linke Hand wieder an zu jucken und so schaute er hinein, fing an zu kratzen und erhoffte sich wieder einen Geldschein. Doch nichts geschah, er konnte noch so doll kratzen, keiner kam vorbei, um das Jucken mit Geld zu erlösen. So ging er in die Stadt und blieb vor einem Multimediahandel mit Kommunikationselektronik stehen. Die Nachrichten liefen und wie mehrmals in der Woche, erweiterte er seinen Horizont durch das Geschehen in der Welt. Im Anschluss kamen die Lottozahlen. Er holte den zerknüllten Schein aus der Hosentaschen, strich mit der flachen Hand darüber, um ihn zu glätten, und verglich die Zahlen.

In einer Gesellschaft, in der die einzigen relevanten Werte Wohlstand, Wachstum und das Streben nach Besitz sind, sind alle Menschen, die bei diesem Spiel nicht mitmachen können oder wollen, von der Mehrheit als arm zu bezeichnen.

Wie schnell sich aber solche Situationen ändern können, sieht man dann, wenn man den Jackpot geknackt hat. Völlig außer sich tänzelte er auf der Schaufensterscheibe, sodass die vorbeiziehenden Menschen kurz davor waren, Sanitäter mit Zwangsjacken zu rufen.

Zwei Wochen später hatte er das Geld auf dem Konto, kaufte sich eine Villa, übernahm die Bank, bei der die Hypothek auf sein Haus mit der Einliegerwohnung aufgenommen worden war, beschaffte sich die teuersten und besten Anwälte, die man für Geld kriegen konnte; ließ seine Schwiegermutter durch Zwangsräumung aus dem Haus werfen und verklagte sie wegen Verleumdung der Pädophilie. Seiner Ex-Frau wies er ein eheähnliches Verhältnis nach, wurde dadurch von der Unterhaltspflicht befreit und beantragte das alleinige Sorgerecht für seine beiden Kinder.

In den wenigsten Fälle haben solche Ereignisse einen glimpflichen Ausgang, meistens läuft aber alles schief und man wird zwangsläufig dazu bewegt, den öffentlichen Raum zum Übernachten zu benutzen. Freundliche Worte werden gefasst wie:

»Ich bin nicht obdachlos, weil ich die Natur liebe, ich bin obdachlos, weil ich meine Schwiegermutter hasse.

5. Du hasst mich?
Heftig, wie kann das nur angehen

Es ist die scharf anhaltende Antipathie, die bis zur Raserei führen kann. So gibt es verschiedene Faktoren, die sich mit der historischen Entwicklung des Hasses auseinandersetzen, aber auch praxisbezogene Situationen, welche Grundzüge des veräußerten Hasse im Alltag vermitteln, wie Fußnägel ins

Müsli mischen; mit gefüllten Eierkartons, Klopapierrollen, Ketschup, Mayonnaise und Senf die Vorgärten zu verwüsten oder Autos mit Feuerwerkskörpern auszustatten, um die alte Rostlaube der Schwiegermutter ein wenig aufzumotzen.

Meistens ist es der Mann der Partnerin, der von der Schwiegermutter gehasst wird, weil man den selbstgebackenen Erdbeerkuchen nicht mochte und ihr den dummerweise auch noch direkt ins Gesicht gekotzt hatte oder weil man mit dem versifften Hund der Schwiegermutter, bei dessen Anblick sogar dem Mülleimer übel wird, nicht Gassi gehen will. In solchen Fällen ist oft eine alte Handtasche oder ein Baseballschläger nicht weit.

Demgegenüber ändert sich wohlwollend das Verhältnis, wenn man es geschafft hat, den Kuchen herunterzuwürgen, ohne den Brechreiz zu wecken. Ein Obstkuchen, dessen Tortenboden aus Estrich oder gentechnisch verändertem Mürbeteig besteht, mit grün-weißen fellartigen Pilzkulturen an frischen Erdbeeren, einer Glasur aus glibberiger Konsistenz und einem Geschmack, der dem Hausschwamm sehr nahe kommt.

Hier gilt es dann für etwas mehr Humor in der Schwägerschaft zu sorgen und der Schwiegermutter ruhig mal wieder eine Torte ins Gesicht zu werfen.

Ist man dann doch noch mit dem verblödeten, hirnlosen Schoßhund kacken gewesen und hat man ihm die stinkende Scheiße vom Arsch gekratzt, hat man es erreicht, von der Schwiegermutter unmenschlich akzeptiert zu werden. Genauso als man vor ihren Augen laut und deutlich gesagt hat: »Ja, liebe Schwiegermutti, ich werde aufhören zu rauchen, weil es dich stört.« Komisch, den Raucher hingegen stört es nicht, wenn die Schwiegermutter brennt.

»Ja, liebste Schwiegermami, ich suche mir auch einen anständigen Job, damit deine Tochter nicht so bescheiden leben muss. Möglicherweise sogar als Apotheker, damit ich ständigen Zugang zum Giftschrank habe. Selbstverständlich werde ich auch mehr Geld verdienen, damit ich mir teure Anzüge leisten kann und die Nachbarn denken, ich hätte eine wohlhabende Schwiegermutter. Natürlich werde ich auch das Taschengeld deiner Tochter um das Dreifache erhöhen, damit es mein Portemonnaie leert, ihr beide von Laden zu Laden schlendern, Kleider anziehen und das und das und das und das kaufen könnt.«

Als ich klein war, glaubte ich, dass das verdiente oder auch anderweitig beschaffte Geld das Wichtigste im Leben sei. Heute bin ich alt und weiß, dass diese Vermutung stimmt. Es wird bevorzugt dafür verwendet, es in Geschäften, Stores oder Outlets loszuwerden, nachdem man den ganzen Tag auf den Beinen war, etliche Klamotten anprobiert hat und dann feststellt: »Ich bin viel zu fett und sehe so was von hässlich darin aus.« Aber gekauft wird es trotzdem.

Meist enden solche Situationen als Trunkenbold beim ratlosen Auf-und-ab-Schreiten vor dem Schnapsregal, wo nach dem größtmöglichen Rausch für den minimalsten Geldeinsatz Ausschau gehalten wird, um den heißgeliebten Suff in tiefen Zügen genießen zu können. So wird dann morgens, statt sich die Zähne zu putzen, lieber eine Flasche Fusel in den überreizten Magen gegossen, um eine angenehme Ausdünstung aus dem Mund zu erzeugen. Beim Blick in den Spiegel entdeckt man dann gerötete Augen und zerplatzte Äderchen sowie das Anschwellen des Riechorgans, was einen hartnäckigen Trinker richtig glücklich macht.

Feministisch geprägte Evolutionstheoretiker gehen davon aus, dass früher ein Matriarchat, ein Mutterrecht auf der Erde geherrscht hatte, eine weiblich-orientierte Tradition, die von Brustträgern regiert wurde, und dazu führte, dass Männer nur zum Feuermachen, Jagen und für die Fortpflanzung nützlich gewesen waren.

Der Vorteil war, dass die Männer dadurch ein ausgefülltes Sexualleben hatten, da sie ihren Herrscherinnen immer und überall zur Verfügung stehen mussten.

Nachteil dieser Form der Diktatur war es, dass man die männlichen Wesen zu sehr herumkommandiert hatten, was die Diktatorin im Gegensatz zur Domina meist mit Rumgezeter und Gejammer vollzog, bis das Ziel erreicht wurde.

Das Wort Matriarchat setzt sich aus dem lateinischen Begriff *mater* für »Mutter« und dem altgriechischen Begriff *arcein* für »herrschen, walten« zusammen. Die Bildung einer Komposition für den Begriff Schwiegermutter.

Es wird zwar behauptet, dass Gott zuerst den Mann erschaffen habe, danach die Männin und eine Generationen später die Schwiegermutter. Doch als er bemerkte, was für einen Scheiß er da angerichtet hatte, erfand er sofort den Alkohol, damit die Schwiegerkinder die Möglichkeit haben, ihre Probleme sinnvoll aufzulösen.

Selbst die bekannte Fernsehkomikerin Ursula mit der Leine, die bei jedem mühelos inszenierten Auftritt mit anbiedernder Mütterlichkeit, blutrünstiger Neugier und fraulichem Terror glänzt, wies darauf hin, dass jede Diskussion zwischen Schwiegermüttern und Kindern sinnlos sei, da sie immer darin enden, dass man sich wegen etwas völlig anderem verteidigen muss.

Es gibt zwei Arten von Schwiegermonster, die man unterscheiden muss, zum einen die männlichen und zum anderen die weiblichen. Die männlichen sind aber so unscheinbar, dass sich eigentlich eine Erwähnung nicht lohnt. Es sind Väter, die viel lieber mit ihren Kumpels um die Häuser ziehen oder sich dem familiären Kampf meistens durch den frühzeitigen Konsum diverser Schnäpse entziehen und so rechtzeitig zum gemeinschaftlichen Sonntagsessen mit den Kindern abgefüllt in irgendeiner Ecke liegen.

»Männe, muss du dich immer betrinken. Früher war das alles anders, da hattest du noch Werte und Ideale.«

Ja, früher, früher war das Verhältnis Schwiegermutter zum Schwiegervater wesentlich besser gewesen, da wurde jedes Tun und Handeln durch den Mann bestimmt, der sich um die anfallende Arbeit kümmerte, Schwangerschaften veranlasst hatte und für die disziplinarische Erziehung der Kinder sorgte. Die Ehefrau, die je nach Kindergeldbedarf schwanger wurde, hat die anfallende Hausarbeit zu erledigen und die sanfte Erziehung der Kinder zu übernehmen, mit der Drohung, den Vater zu holen, der dann wiederum Disziplinarmaßnahmen ergreift.

Es gibt aber auch Schwiegermütter, die

sich total aus den Lebensgewohnheiten ihrer leiblichen Kinder und dessen Partner heraushalten und niemals, auch wirklich niemals in deren Gegenwart schlecht reden, solange man weit genug von ihnen entfernt wohnt und der Kontakt nicht so offensichtlich ist. Oftmals reichen schon einige Kilometer aus, um einen gewissen Abstand zu halten. Doch auch solche Schwiegermütter tragen in den meisten Fällen einen gewaltigen Dachschaden davon und versuchen mit fanatischem Drang den leiblichen Kindern sakrale Erlebnisse per Telefon zu verkünden.

Man zittert schon und ist nervös, wenn man länger nicht telefoniert hat. Es ist wie das Suchtempfinden nach LSD, was Halluzinationen weckt, oder nach Alkohol, was zu wackeligen Tanzeinlagen führt; wie die Magersucht, eine Form der Alzheimer-Bulimie, aber ohne Alzheimer; die Gelbsucht, die Neigung nach amerikanischen Taxen, gelben Schnee und Chinesen; die Spielsucht, eine zeitintensive Beschäftigung mit hohem Unterhaltungswert.

Viele beschönigen ihre Sucht und erfinden sehr kreative Erklärungen für ihr Bedürfnis. Dazu kann das Ableben des geliebten Kanarienvogels genauso gehören wie das Knöllchen beim Falschparkern oder einfach die Abhängigkeit irgendwas zu erzählen.

»Also weißt du, Kind, da geht die bei mir

aufs Klo und benutzt fast eine ganze Rolle von meinem schönen, weichen Klopapier. Und gestunken hat die perverse Drecksau, dass die sich nicht schämt.«

Oder:

»Also weißt du, Kind, da geht die bei mir aufs Klo und spült ihre gepolsterte, nach Bergblumenwiese duftende Windel in der Toilette runter. Das ganze Wasser lief beim Spülen über den Beckenrand, weil das Rohr verstopft war.«

Eine Verstopfung ist wohl das Erbärmlichste und Trostloseste, was einem passieren kann, eine Sache, in der man sich sogar über Scheiße freut. Sie kann nicht nur im Darm und im Straßenverkehr auftreten, sondern auch in Rohren. Verstopfung wird in der Fachsprache auch Obstipation genannt, doch was hat eine Verstopfung mit Obst zu tun?

Zumindest lernt man derartige Schwiegermütter, die sich total auf Distanz halten, erst dann richtig kennen, wenn gewisse Situationen mit beschießenden Eigenschaften auftreten, bei der man sich lieber eine 9mm in den Kopf implantieren möchte.

Meine Frau erkrankte schwer und verbrachte innerhalb von zweieinhalb Jahren 145 Tage in diversen Krankenhäusern. Jeden Tag besuchte ich sie, um ihr das Gefühl der Nähe zu gehen, Mut zuzusprechen, immer wieder die Empfindung zu vermitteln, dass sie geliebt wird, egal in welcher Situation man sich gerade befindet. Es war im Moment das Einzige, was ich tun konnte, an sie zu denken und ihr meine Liebe zu zeigen. Und das habe ich jeden Tag getan.

Ihre Mutter hingegen schaffte es doch tatsächlich, während dieser Aufenthalte sie zweimal zu besuchen. Eine unvorstellbare Leistung, wenn man überlegt, dass es sich um die leibliche Tochter handelt, die so schwer krank ist, dass niemand weiß, ob sie je eine der Operationen überstehen wird. Ich fing an meine Schwiegermutter zu lieben, aber durch den Mastdarm, für ihr Desinteresse, für ihre Gleichgültigkeit, für ihren zwischen den Zeilen geäußerten Standpunkt: *jeder hat das Recht, Patient zu sein, egal wie gesund er ist.* Ein Maskenball des Grauens für mich.

Sie lebt lieber in Symbiose mit ihrer Küche. Als Rentnerin hat sie die Qual der Jahre bereits hinter sich gelassen und die Zeit für die alltäglichen Plagen des Lebens sind sehr knapp bemessen, sodass sie nur auf eine Zigarettenlänge ihre Tochter im Krankenhaus besuchen konnte. Schnell wurde der Rauch wie eine Vulkaneruption inhaliert, der Nikotin enthält. Um sich an den Stoff zu gewöhnen, ihn nicht mehr als belastend zu empfinden, muss man lange üben, bevor man sich als Raucher bezeichnen kann. Nachdem bereits der Filter am Glühen war, kamen dann die Ausreden:

»Oh, ich muss jetzt aber schnell los. Die Katzen müssen gefüttert werden, sonst verhungern sie.« Oder: »Ich muss noch was für Vadder kochen, der hat nichts zu essen.«

Hallo! Die Katzen verhungern? Das sind Tiere, die es nicht besonders schätzen, auf ihr Gewicht aufmerksam gemacht zu werden, da jede einzelne mindestens zwölf Kilo auf die Waage bringt. So was nennt man Arschbuletten, Fettsackkatzen, Maststücke oder Speckklöse; das sind Doubles von Schweinchen Dick, die kacken ganze Kontinente; die sehen aus, als wenn eine Python gerade ein Kalb verschlingt. Sie zeichnen sich doch nur durch ihre hemmungslose Fressgier von Schmand, Sahne, Milch, Käse, Butter, Leberwurst, Schokolade, Pudding, Soße, gekochtem Schinken und Labskaus aus. Eine Diät wäre sinnvoller, eine Ernährungsumstellung, was aber nicht heißt, dass man die Ernährung von Mayonnaise auf fetten Speck umstellen sollte.

Ja, und Schwiegervadder, der ist mit seinen achtzig noch rüstig genug, um mit Messer und Gabel umgehen zu können. Der kann sich eine Stulle auch mal selber schmieren; kann sich auch ein paar Dutzend

Eier von seinem eigenen Hühnerhof in den Topf werfen und wenn welche auslaufen, braucht er diese nur zu ersetzen, schließlich hat er ja genügend davon. Nur mit dem Kochen muss er ein bisschen aufpassen. Kochen sie zu lange, kleben sie wie Muscheln am Topf und sind hart wie Granit.

Ist es nicht eigenartig, dass das Wort »Rentner« von vorne nach hinten und von hinten nach vorne gelesen immer wieder das gleiche Wort ergibt, genau wie Lagerregal, Reittier und viele mehr. Die Fachbezeichnung hierfür ist Wortpalindrom, eine sinnlose Zeichenkette, wo die verwendeten Zeichen übereinstimmen müssen.

Palindrome tauchen in vielfältiger Weise immer wieder auf und werden von diversen Sekten und anderen Vereinigungen oft für ein bestimmtes Produkt missbraucht, wie zum Beispiel für Omo, das Reinigungsmittel mit der Duftnote von Datteln, Banane und ranziger Butter; Axa, eine weltweit orientierte Versicherungslotterie, die sich als das älteste Gewerbe der Welt bezeichnet; Abba, eine internationale Popgruppe der Olsen Bande, die als Vorläufer von Ikea gelten; oder KiK, der Billigklamottendiscounter, der die Weltherrschaft durch die Produktion billiger Kleidung erlangen will.

Oder hat das Wort Rentner gar eine ganz andere Bedeutung, vielleicht *Rennt noch*, was heißt, dass die Person sich noch unvermuteterweise bewegt, obwohl sie nicht arbeitet.

Im Straßenverkehr fahren sie auf der Landstraße nie schneller als 79 km/h, in geschlossenen Ortschaften nie schneller als 41 km/h, haben aber beim Einkaufen bei Aldi oder Edeka stets die Zeit, stundenlang jeden einzelnen Apfel auf mögliche braune Stellen zu untersuchen. So sind sie, die Schwiegermütterrentner.

Meiner Frau ging es gesundheitlich bedingt immer schlechter, verließ selten das Bett und so hatte ich meine Schwiegermutter mehrmals darauf hingewiesen, ihre Tochter doch mal daheim zu besuchen. Ein Wunsch, der mit einer naiven Vorstellung der Hoffnung verbunden war. Doch was ich zur Antwort bekam, rührte mich, diese offenherzige Aussage, dieses Bekenntnis, seine Eier zu zeigen. Eine weltanschauliche Konzeption, die meine Vorstellungskraft überstieg. Endlich mal jemand, der es verstanden hat, sein Schicksal selbst in die Hand zu nehmen, obwohl es überflüssig war wie ein Fundbüro in Polen:

»Du weißt doch, ich habe es im Kreuz, kann doch kaum Treppen steigen und ihr wohnt ausgerechnet im zweiten Stock, wie soll ich da hoch kommen ohne Fahrstuhl? Willst du mich tragen?«

»Um Gottes Willen«, dachte ich mir, »lieber trage ich dieses erlebnisreiche Gespräch in mein Tagebuch ein.« Aber ich merke, je mehr ich meine Schwiegermutter kennenlerne, desto mehr fange ich an Tiere zu lieben.

Treppen sind überall beheimatet, wo es Häuser oder zu überwindende Höhenunterschiede gibt. Meine Schwiegereltern haben ein eigenes Haus, an dem vor Jahren eine Einliegerwohnung angebaut wurde, die von dem Enkelkind mit seiner Freundin bewohnt wird. Dieser Bereich wurde voll unterkellert und verfügt über den Hobbyraum weiblicher Humanoiden, ein Raum, der zu einer Waschküche des 19. Jahrhunderts mutiert, mit einem Bulläugigen Haushaltsgerät, einer Waschmaschine, damit der Waschvorgang zum spannenden Fernsehersatz wird; einen Trockner, um zu große und ausgeleierte Sachen wieder schrumpfen zu lassen; ein Bügelbrett, das aus einer mit Stoff bezogenen Sperrholzplatte und einem klappbaren Metallgestell besteht; sowie ein Bügeleisen, um immer wieder die Frage auftauchen zu lassen: »Es riecht hier so komisch, kann es sein, dass du vergessen hast, das Bügeleisen auszustellen?«

Ein Raum, der für Nichtbewohner der Einliegerwohnung nur von außen erreichbar ist, über Stufen, die sowohl beim Hineingehen wie auch beim Verlassen betreten werden müssen. Eine Treppe, auf der man gerne die Schwiegermutter auf einen Stoß einladen würde.

Doch ohne das Verspüren eines temporären Schmerzereignisses, das selbst einer Schwiegermutter Gefühle erleiden lassen müsste, wird hier die Kellertreppe zur Joggingdisziplin. Hier kann sich das menschliche Nebelhorn ständig mit einer Zigarette verabreden und dabei die täglich anfallende Wäsche immer wieder von Neuem sortieren.

Ein Blick noch in den fast leeren Wäschepuff des Enkelkindes, um die bohrende Neugier zu stillen und nach Neuigkeiten für Klatsch und Tratsch zu suchen. Dabei tauchen immer wieder Feststellungen auf wie:

»Das ist aber eine faule Sau, die hat ja seit mindestens drei Tagen nicht gewaschen, und was die da trägt, da ist ja kaum Stoff dran. Das sind ja Stinke-Band-Schlüpfer, Igittigitt!«

Dann noch ein Blick ins Regal zu den Vorräten, die für einen zeitlich aufgeschobenen Bedarf gehortet wurden, und die Feststellung:

»Mensch, müssen die Geld haben, so viele Packungen Nudeln, Obstkonserven und Gläser mit Gurken und Würstchen. Und da noch massenhaft Getränke, Wasser, Brause,

Cola und sogar Bier. Da muss ich doch mal schauen, was die noch so alles im Gefrierschrank haben.«

So wird dann erst mal der Gefrierschrank inspiziert und diagnostiziert:

»Pizza, Pizza, Pizza, da noch eine Pizza. Und in dieser Schublade? Pizza, Pizza, Pizza und schon wieder Pizza. Hm, und was haben wir denn hier? Oh, Grillfleisch, marinierte Kottelets, Bauchfleisch, Pute, Spare Ribs. Spare Ribs? Was haben Ribs mit dem sparen zu tun, sind doch nur Knochen.«

Zurück in ihre geliebte Küche wird dann erst mal dem Mann ein ausführliches Statement geliefert: »Du glaubst gar nicht, wie das da unten aussieht. Die Wäsche stapelt sich bis zur Decke, dass kaum ein Durchkommen möglich ist; die hat ja wohl seit Wochen nicht mehr gewaschen, die faule Drecksau. Was ist das nur für ein Schmutzfink.«

Der Schmutz stößt hier definitiv auf keine Zuneigung, besonders nicht auf ältere Semester, die zu viel Zeit haben und besonders gründlich sind. Sie lieben es, einen sauberen Keller zu haben, der so steril ist, dass man auf dem Boden eine OP am offenen Herzen durchführen könnte. Ist ihre Wohnung in einem angemessenen Zustand sauber, greifen sie sich schon mal ein Enkelkind, das gerade einen Dreckfleck auf der Backe hat, und versuchen ihn mit Spucke zu entfernen, um auch andere Familienmitglieder vor der Bedrohung des Schmutzes zu bewahren.

6. Ich hatte das Gefühl, von einer höheren Macht verarscht zu werden

Mühsam hatte meine Frau sich immer wieder aufgerappelt, sich wie ein Kiffer mit Medikamenten vollgedröhnt, um den quälenden Schmerz unter Kontrolle zu bekommen, damit sie ihre Mutter besuchen konnte. Hier erhoffte sie sich eine mütterliche

Wärme, doch die Medikamente führten zunehmend zur Müdigkeit, worauf sie die ganze Zeit nur schlief. Zum Vorteil meiner Schwiegermutter, die sich daraufhin keine Gedanken über das Wohl des leiblichen Kindes zu machen brauchte.

Aber was macht eine Mutterliebe aus? Die Liebe einer Mutter ist zwar die Form von Liebe, für die man sich zwar nichts kaufen kann, aber trotzdem hilft, eine schöne Kindheit zu haben und ohne Verhaltensstörungen groß zu werden. Sie ist eigentlich sehr wichtig, sonst würde jeder Mensch gar nicht erst in die Versuchung kommen, die Droge »Liebe« auszuprobieren. Doch nicht jeder Mensch ist gleich.

Heinrich von Kleist beschrieb in seiner Anekdote von 1811 die Ansicht einer Mutterliebe wie folgt:

Im französischen St. Omer ereignete sich im Jahre 1803 ein werkwürdiger Vorfall.

Ein tollwütiger Hund, der bereits schon mehrere Menschen angefallen hatte, fiel über zwei Kinder her, die vor der Haustür spielten. Als die Mutter mit einem Eimer Wasser aus einer Nebenstraße erschien, verbiss sich der Schäferhund gerade in ihren Sohn, der schreiend und blutend am Boden lag.

Als sie den Eimer zu Boden stellte, ließ

der Hund von den Kindern ab und wollte sie angreifen. Obwohl sie sich hätte in Sicherheit bringen können, blieb sie trotzdem stehen. Das Tier kam angerannt und in dem Moment, wo es zum Sprung ansetzte, griff sie nach seiner Kehle und erwürgte es.

Die Frau begrub ihre Kinder und wenige Tage später verstarb auch sie an Tollwut.

Für meine Schwiegermutter war es die Gunst des Schicksals, die Güte des Geschicks, sich lieber der exzessiven Langeweile zu widmen und diese mit dem Sortieren der Kellerwäsche zu überbrücken. Dabei kann man sich ein, zwei, drei Marlboro-Zigaretten zu Gemüte führen und gleichzeitig nach Banalitäten jagen, indem man in fremden Wäschekörben schnüffelt.

Fragen tauchten auf wie Bläschen in der Soda-Flasche: Seit wann fahren Pflegebedürftige zu Kerngesunden? Seit wann kommt der Knochen zum Hund? Seit wann der Berg zum Prophet? Seit wann der Kuchen zum Krümel? Es ist, als hätte man jemanden angerempelt, das Bier über dessen Hemd sich ergossen und man nun die Frage gestellt bekommt: »bist du geistig minderbemittelt?« Solche Aufforderungen sollte man nicht mit einem Gespräch über mentale Gesundheit verwechseln. Aber auch dir, liebe Schwiegermutter, wünsche ich, dass du das Idealgewicht erhältst, so um die 4,5 Kilo einschließlich Urne.

Und dann immer die maßregelnden Worte, wenn ich mein Frau gegen Mittag wieder abholte: »Pass gut auf sie auf.« Ich hatte jedes Mal das Gefühl, von einer höheren Macht verarscht zu werden, versuchte mich zu entspannen und den Drang, ihr das Haus unter dem Arsch anzuzünden, zu widerstehen. Als ich mich ins Auto setzte und das Radio anstellte, hörte ich die Melodie von Highway to Hell. Plötzlich hatte ich Lust nach Rom zu fahren, dem Papst höchstpersönlich einen Arschtritt zu verpassen für die Grausamkeiten, die mir Gott antat, und die sadistische Schadenfreude, die er dabei empfindet.

Ich gehöre nicht zu den Menschen, die sich in der sozialen Hängematte schlafender Pferde vor der öden realen Welt ausruhen. Ich habe das Los gezogen und es haftet an mir, im Gegensatz zu den anderen, wo die Zustellung und Aushändigung des Loses an der Freiwilligkeit der Entgegennahme mangelte.

Meine Pflicht ist es, nicht nur für das Jagen im Supermarkt zuständig zu sein, sondern auch für das Kochen, das Zubereiten einer einigermaßen schmackhaften Speise, wobei mir der Kochlöffel in der Hand Autorität und Durchsetzungskraft verleiht, besonders dann, wenn ich an meine Schwiegermutter denke.

Außerdem musste der Haushalt in Ordnung gehalten werden, zum einen die Wäsche waschen, dafür war die Waschmaschine zuständig, die eigentlich ein recht chilliges Leben führt, bis sie gefüttert wird; zum anderen die Wohnung putzen, ein Vorgang, bei dem man erniedrigenderweise auf den Knien hockend den Boden schrubbt; Gardinen reinigen, um von den dreckigen Fenstern abzulenken; Staub wischen, damit der sich nicht in flauschige, schön anzusehende Wollmäuse verwandelt, und vor allem als Chauffeur dienen, um Tag für Tag einen der vielen Ärzte zu frequentieren.

Doch von niemandem kam mal die Frage: »Kann ich dir was helfen, soll ich einkaufen, Wäsche waschen, Betten beziehen, Wohnung putzen, Fenster reinigen, feudeln, saugen, Staubwischen oder mal die Droschke ausführen?« Sie alle haben was in der Nase und sind damit beschäftigt, es zu essen.

Es ist gut zu wissen, dass man als gebrandmarkter Mensch behandelt wird, wobei es unabhängig ist, ob man aus Afrika stammt oder ob man eine Sklavenfunktion ausübt. Wie das Rudern von Galeeren, die in einer neuen Form wiederbelebt wurden. Aber für meine Frau rudere ich gerne, weil ich weiß, was ich an ihr hatte, und ich der einzige Mensch war, der ihre Nähe spüren durfte.

Tage später bei einer Untersuchung wurde festgestellt, dass sich ein Abszess gebildet hatte, der operativ gespalten werden musste. Es ist das Öffnen der präformierten Körperhöhle und das Abfließenlassen des Eiters, danach die Spülung und das Einlegen einer Drainage.

So brachte ich sie wieder mal in ein Krankenhaus, um diese Handgreiflichkeit durch fachkundiges Personal durchführen zu lassen. Stundenlang war ich bei ihr, wartete auf den Zeitpunkt der bevorstehenden Operation, wollte sie einfach nicht alleine lassen; ihr geben, was sie mir jahrelang gegeben hatte; ein Lächeln, das die Sonne ins Herz zauberte; ein Blick, der zeigte, dass sie mich liebte; eine Geste, willkommen und vertraut; die Hand auf der Schulter, um zu zeigen, dass man nicht alleine ist; ein gesprochenes Wort, liebevoll und doch voller Ehrlichkeit; auch mal zu schweigen, vereint mit dem Wissen, dass Worte gerade überflüssig sind; sie zu umarmen, was aussagt: »Ich bin immer für dich da.«

Mein Handy klingelte, es war meine Schwiegermutter, die einen Grund suchte, um sich auszukotzen. Sie machte ihren Mund auf und schon fing das kabellose Donnerwetter an, das jeder im Umkreis von zwanzig Metern die Übertragung mit anhören konnte:

»Wieso sagt mir keiner Bescheid, wenn meine Tochter ins Krankenhaus eingeliefert wird. Ich bin die Mutter und habe das Recht zu erfahren, wenn meine Tochter in eine Klinik eingewiesen wird.«

Ich überlegte zuerst, wie sie das erfahren konnte. Nicht dass ich ihr das Verschweigen wollte, nein, aber es hätte nichts an der Tatsache geändert, dass sie weiterhin mit Abwesenheit glänzen würde. Vermutlich noch ein Überbleibsel aus der Schulzeit, wo der Lehrer sie in die grausame und schreckliche Realität zurückgeholt hatte, als sie geistig abwesend war und er lautstark im Kasernenton sprach: »An die Tafel mit dir!«

Andererseits ist es erstaunlich, wie eine solche Information mit einer Ausbreitungsgeschwindigkeit eines Grippevirus über die Erde zieht, als wenn man einer Frau etwas anvertraute und dabei zufällig das Wort Geheimnis erwähnt hatte. Eine Frau will immer als Erste von Neuigkeiten berichten.

So fing ich an mit merklich sanfter Stimme zu sprechen: »Würdest du dich mehr um deine Tochter kümmern, ihr den Hoffnungsschimmer geben, sie auch mal in den Arm zu nehmen, was sie sich immer wieder gewünscht hat, dann wüsstest du auch, wie es um deine Tochter steht. Ich bin nicht dein

Lakai, der hier deine Botengänge erledigt. Ich wenigstens kümmere mich um meine Frau, weil ich der Einzige bin, der wie sie fühlt; weil ich es gerne tue und weil sie weiß, ja weil sie weiß, dass ich der Einzige bin, der sie wirklich von Herzen liebt. Sie ist und wird immer meine Nummer eins sein.«

Ich wollte weiterreden, doch sie war der Situation nicht gewachsen, hatte wortlos und spontan aufgelegt. Eine sehr respektlose und unhöfliche Art. »Danke, liebste Schwiegermutter, der Zoo hat übrigens angerufen, die wollen dich wieder haben.«

Schon am nächsten Tag verließ meine Frau das Krankenhaus, wollte raus aus diesem süßlich-sauer, nach Verwesung riechenden Gebäude. Zu oft hat sie schon in Krankenhäusern gelegen und den Duft von Tod und Leid gerochen.

Es kamen die Tage, an denen überhaupt nichts mehr ging, sie es nicht mal mehr schaffte, aus dem Bett zu kommen, und somit auch ihre Mutter nicht besuchen konnte. Ein in Anführungsstrichen glücklicher Umstand für mich, da ich mir das schleimige Gerede nicht mehr anhören musste, wenn ich meine Frau von ihr abholte. »Pass auf sie auf und wenn du was brauchst, dann sag Bescheid.«

Bescheid! Eine andere Schwiegermutter

vielleicht, die ihrer Tochter ein wenig mehr Zuneigung entgegenbringt, ein bisschen Herzenswärme, Verbundenheit, Idealismus, Gewogenheit, Gunst, Aufmerksamkeit, Wohlwollen und vor allem Liebe schenkt. Liebe, ein Wort mit fünf Buchstaben, drei Vokalen und zwei Konsonanten. Liebe, eine sinnliche Empfindung, ein ethisches Gefühl. Wird Mutterliebe nicht als die ursprünglichste und stärkste Form der Liebe angesehen? Wird sie nicht als Regel erwartet? Soll die Mutterliebe nicht zu allen Kindern gleich sein? Umfasst die Mutterliebe nicht die Gleichheit zu allen Kindern?

Meine Schwägerin hatte sich schon vor langer Zeit von ihrer Mutter abgewandt, weil Gerüchte in die Welt gesetzt worden waren, worin ihr Mann des Diebstahls bezichtigt wurde.

7. Schwager mit klebrigen Fingern, ein Spezialist für Eigentumsübertragung

Er soll eines Abends die Straße so leise entlang geschlichen sein, dass keiner sein Ankommen hörte. Schon bald stand er vor der Gartentür, die von der Schwiegermutter durch das Küchenfenster ständig unter Beobachtung gehalten wird, was er mit einem verächtlichen Blick belächelte.

Ebenso wusste er, dass das Klettern über

das Tor klappernde Geräusche auslösen würde, doch das kümmerte ihn keineswegs. So kletterte er hinüber und im selben Augenblick schaltete der Bewegungsmelder die Beleuchtung auf dem Hof ein. Ein Sensor, der die Bewegung in seiner Umgebung erkennt und wie ein Lichtschalter arbeitet.

Im schönsten Lächeln erstrahlte das Licht, schien in das Schlafzimmer der Schwiegereltern und erhellte den Raum wie ein riesiger Feuerball. Auch dieses Umstands war er sich bewusst, zögerte aber nicht und schlich weiter. Ein weiterer Scheinwerfer ließ die Küche und das Wohnzimmer der Einliegerwohnung im Tageslicht erscheinen und gestaltete die Nacht zum Tage. Selbst die Räume einer Baracke, die zu einer Wohnung reformiert wurden und dann in den Genuss von Spitzendeckchen und Schonbezüge kamen, wurden durch die leuchtende Ausstrahlung des Lichts beherzigt.

Langsam schlich mein Schwager weiter Richtung Carport, wo ein altes straßenverkehrsuntaugliches KFZ ohne Achsen seit Jahren aufgebockt herumstand und verschimmelte.

Das Wort KFZ wurde ursprünglich erfunden als Abkürzung für »Kraftfahrzeug«. Doch spätestens seit der Herstellung des Trabbis ist die Bedeutung »Krachfahrzeug« treffender geworden, denn wenn es schon keine wirklich befriedigende Leistung unter der Haube hat, so macht ein Trabbi doch eine Menge Lärm.

Eigentlich sollte dieses straßenverkehrs-untaugliche KFZ wieder straßenverkehrs-tauglich gemacht werden, aber als man die Achsen demontiert hatte, stellte man leider verspätet fest, dass im Gehirn nur eine be-stimmte Menge an Informationen gespei-chert werden kann und die Aufnahmekapazi-tät bereits schon lange erreicht war und man sich nun ständig die Frage stellte: »Wie war das noch mal mit dem Zusammenbau-en?«

Überall lagen Werkzeuge, teure Spezial-werkzeuge herum, dem kaum einer Beach-tung geschenkt wurde. Sicherlich hätte man es zu Gold, Weihrauch und Myrrhe tauschen können, die Gelegenheit war da, doch wer braucht schon Myrrhe?

Kein Mensch bemerkte diesen ruchlosen Dieb. Frei davon, den geringsten Gedanken an Reue zu verschwenden, schlich er weiter, bereits den Erfolg und den Reichtum seiner Straftat in der Nase schnuppernd.

Ohne jegliche Vorkenntnis, aber in freudi-ger Erwartung etwas zu finden, schob er einen Fuß vor den anderen, sah aber nichts und fand auch nichts. Doch wusste er, dass sie da waren und sich in einem guten Zustand befanden.

Er überlegte, wie man nach dem Diebstahl fliehen könnte. Ganz wichtig ist es, kein Auto in der Nähe zu haben. Man nimmt entweder einen Tretroller oder ein Fahrrad, doch echte Profis gehen zu Fuß.

Dann dachte er daran, seine Hypothek abzulösen, seine Frau mit Gold und Juwelen aufzuwiegen, Pelze, Autos und Frauen zu kaufen. Eine Castingshow für singende Schwiegermüttern zu veranstalten, die dumm genug sind zu glauben, dass sie dumm genug sind zu gewinnen. Hier kann man sich dann als Jurymitglied voll auslassen:

»Du kannst den Raum verschönern, wenn du gehst.«

»Ey, du siehst so scheiße aus, als ob du eine Klobürste im Arsch stecken hast!«

»Wenn du anfängst zu singen, kommen die Kartoffeln geschält aus dem Keller.«

»Du siehst so aus, als wäre da irgendein Tier in deinem Gesicht gestorben!«

»Sind deine Eltern Chemiker? Du siehst nach einem Versuch aus.«

Mein Schwager ging weiter, weiter auf der Suche nach Beute. Dann stieß er mit dem Fuß gegen etwas, sah hinunter und da lagen sie plötzlich, unauffällig, ungeschützt, unbewacht, ganz alleine. Sein Gesicht strahlte, ein ehrliches, erdiges, ungeschminktes, grimmiges, Furcht einflößendes Strahlen.

Freude stieg in ihm auf und er fing an sich in den Hüften zu wiegen, auf einem Bein zu hopsen, den Kopf rhythmisch zu schwingen, als wenn er mit dem Kosmos eins werden wollte. Dann das lässige und auffällige herumzappeln, wie der Freudentanz auf einer Beerdigung eines ungeliebten Menschen im Kreise der Familie. Im Tierreich ist dies vergleichbar mit dem Fruchtbarkeitstanz eines Straußes, der seiner Henne Eier schenken will.

Da lagen sie und riefen: »Nimm mich mit, nimm mich mit.« Drei Meter waren sie lang, 38 × 58 mm stark, imprägniert, insgesamt fünf Stück. Bei einem Meterpreis von € 0,60 und einem Weiterverkauf an den Baumarkt von nebenan, der die Hälfte des Kaufpreises herausgeben würde, verbliebe immerhin ein wahrhafter Gewinn von glatten € 4,50.

Eine beachtliche Summe, die direkt auf ein Schweizer Konto transferiert werden muss, damit es vom Finanzamt nicht gefunden wird und es dort in einem aufwendigen Reinigungsvorgang gewaschen wird. So was nennt man auch Schweizgeldwäsche.

Nur nicht die Nerven verlieren und möglichst schnell das Fluchtfahrzeug erreichen, das am Ende der Straße mit laufendem Motor wartet. Um unnötige Transportkosten zu vermeiden, wurden auf der Beifahrerseite die hinteren und vorderen Fenster heruntergekurbelt und die Latten dort hindurchgeführt, sodass hinten und vorne die gleiche Länge herausragte.

Das vordere Ende wurde mit einem Schnürsenkel straff an der Stoßstande befestigt, damit der Lack nicht beschädigt wurde. Das hintere Teil schwebte frei in der Luft. Auf der Rückbank saß die Frau des Diebstehlers, die die Latten noch zusätzlich mit beiden Armen vorm Weglaufen sicherte.

Stolz fuhren sie los und bedankten sich noch, wofür sie eine besondere Taktik anwendeten, die seit mehreren hundert Jahren besteht und noch heute praktiziert wird. Sie erhoben die Hände und winkten beim Vorbeifahren.

Soweit die Vorstellungskraft einer Schwiegermutter, die nur weibliche Kinder aufgezogen hat und wahrscheinlich deshalb die Männerwelt hasst. Dabei sind es gerade die Töchter, die als Kind schon recht niedlich sein können. Anders als beim Sohn kann man die Haare der Tochter bis zum Fußboden wachsen lassen und Mama kann an ihr neue Frisuren ausprobieren; wenn es dann schiefgeht, ist es doch egal, es ist ja nur ein

Kind, das kaum im Rampenlicht steht und über das nicht getratscht wird.

Außerdem sind Töchter fähig, komplizierte Tätigkeiten im Haus zu erlernen, wie das Staubsaugen, die Bedienung der Waschmaschine, Geschirrspülen, wie man einen Faden auf Anhieb durch ein Nadelöhr bekommt und wie Fensterscheiben schlierenfrei transparent gemacht werden können.

Der Diebstahl wurde natürlich bemerkt und bei einer darauffolgenden Auseinandersetzung in einem harschen Tonfall und ungnädigem Inhalt mit dem diebischen Schwager wurde die Strafe verhängt. Hier erwartet man, dass die leibliche Tochter immer Partei für ihre Mutter ergreift, den eigenen Ehemann mit dauerhaften Liebesentzug betraft, ihn aus dem Haus treibt und den bestraften gerichtlich dazu zwingt, lebenslang Unterhalt für die verlassene Familie zu zahlen.

Doch in diesem Fall kam es anders. Meine Schwägerin, die jüngere Schwester meiner Frau, hielt zu ihrem Mann, gab ihm Trost und Unterstützung, zeigte ihrer Mutter die kalte Schulter und schlug somit nicht in dessen Kerbe. Ein Umstand, mit dem meine Schwiegermutter nicht gerechnet hatte. Fassungslos stand sie da, war überrascht über den Widerstand ihrer Tochter, die sie so friedvoll und in völligem Einklang mit sich und der Welt einfach hatte dastehen lassen.

»Dann soll sie doch mit dem rücksichtslosen Kriminellen glücklich werden, Liebe macht ja bekanntlich blind.« Richtig, Liebe macht blind. Das liegt daran, dass die inneren Geschlechtsorgane bis ins Hirn anschwellen und so auf den Sehnerv drücken. Liebe ist auch in etwa wie das Gefühl, das man bekommt, wenn man sich in die Hose gemacht hat. Jeder kann es sehen, aber nur einer kann die Wärme spüren.

Mit der böswilligen Unterstellung eines Diebstahls und dem ausgeprägten Machtinstinkt verlor sie eine Tochter, ein direkter Nachkomme ihrer sich selbst, eine Verwandtschaft ersten Grades.

In den meisten Fällen tritt man solchem Verlust mit gemischten Gefühlen entgegen, denn zum einen ist sie zwar den Schwiegersohn losgeworden, anderseits ist es auch gleichzeitig der Abschied einer leiblichen Tochter gewesen. Wohl eine der schwersten Übungen des Mutter-Seins, damit klar zu kommen.

Das endgültige Entfernen des Kindes zur Mutter verändert nicht nur die Beziehung zur leiblichen Tochter, sondern hat auch den Einfluss auf die gesamte Struktur des Familienlebens. Die Situation ist eine völlig neue geworden. Der Fokus richtet sich jetzt nicht mehr nach außen auf das Schwiegerkind, sondern kann wieder auf den eigenen Mann gerichtet werden. Man wird im wahrsten Sinne des Wortes auf sich selbst zurückgeworfen.

Der durch die Frauenemanzipation stark verunsicherte Vater glaubt eigentlich immer noch die Krone der Schöpfung zu sein, was aber von den Frauen geschickt korrigiert wurde, indem sie dafür sorgten, dass die naturgegebene Rolle des Familienernährers und Patriarchen zu Gunsten eines Daseins als minderwertiger Hausmann eingetauscht wurde.

»Vadder, auch wenn du faltig, grau, schlapp bist, schmerzen an allen Stellen des Körpers hast, dich kaum bewegen und gehen kannst, achtzig Jahre alt bist, muss du wohl oder übel Heu und Hühnerfutter holen, Ställe ausmisten, Rasen mähen, Hecke schneiden und Zäune reparieren. Du sitzt sowieso nur faul den ganzen Tag herum, schläfst in der Laube und frisst mir die Haare vom Kopf, dann kannst du auch mal was Produktives tun. Ich muss schließlich auch den ganzen Tag für dich kochen und deine dreckige Wäsche waschen.«

Hallo! Den ganzen Tag kochen, Wäsche waschen? Die meiste Zeit wird stehend am Küchentisch das Eingangstor beobachtet, um die bohrende Neugier, was auf der Straße so alles passiert, zu befriedigen. Dabei liegt auf dem Tisch die aufgeschlagene Tageszeitung, um den Eindruck zu erwecken, man würde seinen Horizont mit dem überaus schwierigen Kreuzworträtsel erweitern. Wenn es ihr dann auch noch gelingt, ein Kreuzworträtsel aus der drei Monate alten Zeitung vollständig zu lösen, ohne dabei irgendjemanden fragen zu müssen, ist sie vollends beglückt und meint, den Himmel auf Erden zu erleben.

Doch schon oft hörte ich den Spruch: »Ich hab heut keine Lust zum Kochen, soll der faule Hund sich doch ne Stulle schmieren, ich muss hier erst mal mein Kreuzworträtsel machen.«

Diese neue Situation sollte eigentlich dazu einladen, über sein Leben und auch über sein Umfeld nachzudenken und sich zu fragen: War das alles so richtig gewesen? Was kommt jetzt? Welche Ziele gibt es noch im Leben? Ist für den Egoismus jetzt mehr Zeit? Bekommt das Leben eine neue Wendung? Und sollte man alte Brücken abschlagen?

So kann die neue Situation eine Herausforderung sein, eine Krise neue Wege eröffnen, ein Durchstarten in eine neue Zukunft, sein eigenes Leben mal in den Griff bekommen; an der eigenen Ehe zu arbeiten, nicht immer den Ehemann als Arschloch darzustellen, ihn als faul und verfressen zu bezeichnen, für ihn sogar das Ende herbeizubeschwören und das in Gegenwart fremder Leute. Doch einen alten Baum kann man nicht verpflanzen und schließlich ist da noch der andere Schwiegersohn mit der älteren Tochter, über den man wachen muss, damit das Zusammenleben nicht zu glücklich verläuft.

8. Besuch des Ackervernichtungsboten

Es klingelte das Telefon, meine Schwiegermutter war dran und wollte sich mal wieder fernmündlich über den Zustand ihrer Tochter erkundigen. Der einstige telefonische Disput im Krankenhaus schien völlig in Vergessenheit geraten zu sein, so wollte auch ich niemandem was nachtragen und mich von den Gedanken lösen, auf jeden Reifen ihres Autos einen brennenden Grillanzünder zu legen, und so sprach ich:

»Ihr geht es zunehmend schlechter und sie wird dich nicht mehr besuchen können. Vielleicht solltest du dir mal Gedanken darüber machen, warum deine schwerkranke

Tochter jeden Tag fragt, ob du da gewesen bist. Weil sie vielleicht deinen Besuch erwartet? Weil sie hofft, dich in ihrer Wohnung mal begrüßen zu dürfen? Weil sie sich vielleicht ein bisschen Liebe erhofft?

Hat sich nicht auch bei dir, wie bei allen Müttern, eine selbstlose Aufopferung für deine Kinder entwickelt? Das große Gefühl einer Mutter, für ihre Kinder alles zu machen, was sie für keinen anderen Menschen auf der Welt tun würde? Nein, zu diesen Menschen gehörst du nicht, du würdest deine Tochter selbst in schwerster Not nicht besuchen, du würdest sie niemals besuchen.«

Normalerweise wäre jetzt der Moment, in dem mir im Eifer des Gefechts das Wort entweder rüde abgeschnitten wird oder meine Schwiegermutter derartige Argumentationen mit dem Fallenlassen ihres Hörers auf die Gabel dementiert. Doch nichts von alledem, kein mürrisches Verhalten, keine Gereiztheit, kein nerven, kein Auf-den-Geistgehen und so fuhr ich weiter fort:

»Sie war es, die unter extremen Schmerzen, die nur unter Einnahme von Morphin gelindert werden konnten, dich besuchte. Eine mutige und aufopfernde Hingabe als Beweis einer besonderen Zuneigung, die eigentlich jeder Mutter zuzuordnen ist. Selbst in dem Buch »nicht ohne meine Tochter« nahm Betty Mahmoody jede Hürde, jede Möglichkeit und scheute auch keine Gefahren, ihr Kind aus dem Iran zu holen. Auch bei deinen Enkelkindern scheint sich das Desinteresse entwickelt zu haben, die Gleichgültigkeit am krankhaften Leben der eigenen Mutter. In mir seht ihr doch nur den Neger, den Sklaven, den hörigen Knecht, der sein Tagwerk mit besonderer Hingabe verrichtet.«

Schon das Urteil des Königs Salomon war vorbildlich, als sich zwei Frauen um einen Säugling stritten und er entscheiden sollte, wer die richtige Mutter sei. Er ließ sich ein Schwert bringen, erhob es, um zum Schlag auszuholen, und sagte: »Ich werde das Kind in zwei Hälften teilen.« Daraufhin verzichtete die eine Frau sofort und gab zu verstehen: »Lieber soll das Kind bei der anderen aufwachsen als getötet zu werden.« König Salomon wertete das als Zeichen echter Mutterliebe und sprach ihr das Kind zu.

Drei Tage später klingelte es an der Tür. Ich betätigte den Summer, einen Signalgeber, der die elektromagnetische Schlossfallen-Entriegelung betätigt und somit die Treppenhaustür zum Öffnen brachte.

Dabei schaute ich den Treppenaufgang hinunter und nicht immer entspricht das, was man mit den Augen wahrnimmt, der Wirklichkeit. Ich hatte das Gefühl, einer Illusion zu erliegen, einer Sinnestäuschung, die künstlich hervorgerufen wurde und mich nun in die Irre führen will.

Da kamen die beiden Kinder die Treppe hinauf und im Schlepptau meine Schwiegermutter. Eigentlich war ich der Meinung, dass sie an einer Treppenhausangst leidet, die sich in einem schockartig eintretenden Entsetzen oder auch in einem Erstarren äußert. Doch was ich hier sah, glich einer nachgeahmten Phobie, um Leute für bescheuert zu erklären.

Wie ein junges Fohlen und wie der fitteste Sportler, der zuvor in einem Fitnesscenter zu Techno-Musik mehr oder weniger rhythmisch schwitzte an Geräten, die stark an Stühle in gynäkologischen Praxen erinnern, kam sie die Treppe hinauf.

Eigentlich setzt sich das Klientel solcher Muckibuden nur aus von übermäßigem Anabolikakonsum gezeichneten Muskelmännern und sonnenbankgegrillten Thekenschlampen zusammen, die zwischen ihren Trainingssätzen gerne mal ein Piccolöchen schlürfen, eine Marlboro Light rauchen und gelegentlich auch mal lachen, besonders dann, wenn einem die ölverschmierte Langhantel beim Stoßen aus den Händen rutscht.

Hier in dem Neun-Familienhaus, das sich durch nette Nachbarn und günstige Lage ins

Dorf auszeichnet, wohnen wir bereits seit fünf Jahren. Die Wohnung ist nicht übermäßig groß, ein Balkon für die Pflanzen grenzt direkt ans Wohnzimmer, das Schlafzimmer befindet sich gleich neben der Küche und zur Toilette ist es ein Katzensprung.

Während dieser Zeit habe ich gelernt mit der Zahl Null zu leben. Ein einstelliges Schriftzeichen ohne Eigenwert, ein Nichts. Die Tatsache, dass Null kein eindeutiges Ergebnis ergibt, beweist allerdings, dass Null tatsächlich Nichts ist, denn würde man null durch nichts dividieren, wäre das Ergebnis eindeutig null.

Mathematiker beschäftigen sich ausgiebig mit der Zahl Null. So sind sie gemeinsam zu dem Ergebnis gekommen, wenn 12 Personen in einem Bus sind und an der nächsten Haltestelle 16 aussteigen, dass vier wieder einsteigen müssen, damit null Personen im Bus sind.

Das Wort Null kommt auch in zahlreichen Redensarten vor, wie zum Beispiel: »Bei dir ist der geistige Horizont auf null geschrumpft« oder »man kann das Niveau festsetzen, wo man will, aber nicht bei null«.

Null ist also Nichts, eine Zahl ohne positive Eigenschaften; wie der Gesichtspunkt, ein geistiger Horizont mit dem Radius Null; wie die Anzahl der Besuche meiner Schwiegermutter, die sich bisher mit der aussage-kräftigen Null beziffern lässt.

Nicht dass ich mir wünsche würde, meine Schwiegermutter ständig in unserer Wohnung begrüßen zu müssen, nein, um Gottes Willen, viel lieber würde ich sie mit einem Stein um den Hals im Gartenteich versenken.

Aber Besuche kann man auch mit vielerlei anderen Handlungen vergleichen. So hat ein Besuch in einem Bordell erstaunlicherweise viel mit dem Bungee Jumping gemeinsam, obwohl dies auf dem ersten Blick niemand denken würde. Aber sowohl der Preis für den Bordell-Besuch als auch der Preis für einen Bungee-Sprung ist gleich hoch, in beiden Fällen dauert der Höhepunkt wenige Sekunden und wenn das Gummi reißt, hat man beiderseits ein Problem.

Meine Schwiegermutter kam die letzten zwei Stufen hinauf und nach einer kurzen Plauderei über das interessante Leben mit einer kranken Frau führte ich sie schließlich ins Schlafzimmer zu ihrer Tochter. Dort vor dem Bett sitzend ging das Geplauder weiter und die Gerüchteküche wurde entfacht.

Hierzu braucht man eine ungenaue Orts-angabe, z. B. die Straße, in der sie wohnt, dann eine Person, die die fiese Straftat begangen haben soll, z. B. ein Türke, und die

Handlung, die darauf hinausläuft, dass man sie Hure nannte und vielleicht sogar geschlagen hat.

Um das Geschehen wirkungsvoller zu dramatisieren, wird eine gesunde Mischung aus Paprikapulver, Tomatensauce und Spülmittel hergestellt und auf sensible Stellen wie Nase, Lippen und ein kleines Stück über den Augenbrauen aufgetragen. Durch die gelatineartige Konsistenz bildet es eine Kruste auf der Haut, die das Gesicht sehr deformiert aussehen lässt und so bei jedem Mitleid erweckt.

Irgendwann wurde es mir leid und ich brachte Kaffee, um für ein paar Minuten das Maul meiner Schwiegermutter zu stopfen. Hätte ich ihr keinen Kaffee gebracht, hätte sie sich mit Sicherheit auch noch lautstark über die schlechte Gastronomie dieses Hauses beschwert.

Knappe fünfzehn Minuten später: »So, wir müssen jetzt wieder los, die Katzen sind draußen und haben Hunger«, sprach sie in einem befehlshaberischen Ton zu den Enkelkindern, die daraufhin nur noch zustimmend nickten. Die schönste Zeit eines Besuches ist immer dann, wenn er wieder weg ist. Man kann dann die Bude nochmals akribisch aufräumen, Möbel an Ort und Stelle zurechtrücken und die Tassen durchzählen und diejenigen abwaschen, die den Besuch überlebt haben.

Von Tag zu Tag wurde der Gesundheitszustand meiner Frau instabiler und keiner kam, um Mut und Halt, Kraft und Stärke, Rückhalt und Hilfe zu geben, nur meine Schwägerin kam jeden Tag, um zu klönen, zu rauchen, zu tun und um einfach für ihre Schwester da zu sein.

Dann verstarb meine Frau und als ich morgens aufwachte, lag sie mit offenen Augen und offenem Mund neben mir. Sie war kalt, die Leichenstarre hatte bereits eingesetzt und plötzlich brach eine Welt für mich zusammen. Ich fühlte mich auf einmal alleine, getrennt und abgeschieden, einsam und verlassen, sozial isoliert, wie ein Vollwaise. Meine Frau hatte mich verlassen, für immer verlassen.

Sofort rief ich meine Schwägerin an, die für die 3,5 Kilometer Entfernung von ihrem Haus keine fünf Minuten brauchte. Gemeinsam durchstanden wir ein Szenario von Tränen der Trauer und als wir uns ein wenig beruhigt hatten, rief ich meine Schwiegermutter an, die sich sofort auf die Socken machen wollte, um in Kürze da zu sein.

Kürze ist angebracht sowohl gegenüber denen, die sofort verstehen, als auch jenen, die nie verstehen werden.

Der Mythos, dass man schnell ist, wenn

man vom Dach eines Hochhauses einen Ball herunterwirft und ihn unten auffängt, ehe er den Boden berührt, konnte bisher nicht wissenschaftlich belegt werden.

Aufgrund des Designs einer Hose, die meistens mit Knöpfen oder ähnlichen Verschlüssen versehen ist, der anzuziehenden Schuhen, die erst in einem Prozess des Kniens und Bückens geschlossen werden, das Bekleiden mit einem T-Shirt, das unbequemerweise über den Kopf gezogen werden muss, sowie die unterschiedlichen Körperbauten des Menschen machen es unmöglich, den Ball aufzufangen, bevor er auf dem Bürgersteig prallt und eine Ameise dauerhaft plastisch verformt.

Zwei Stunden später traf sie dann schließlich ein. Zwei Stunden für eine Entfernung von 9,3 Kilometer, zwei Stunden des Alleingelassenseins, zwei Stunden fernab trostspendender Worte, zwei Stunden der Vereinsamung.

Wahrscheinlich hat der alltägliche Rhythmus der Umgestaltung vom hässlichen Entlein zum herrlichen Schwan längere Zeit in Anspruch genommen, weil man das Gesichtsgebirge als solches nicht schnell genug erkannte. Das Ideal ist eben für manchen schwer erreichbar. So danke ich dir, liebe Schwiegermutter, für dein schnelles Reaktionsvermögen und würde dir gerne ein Never-Comeback-Flug ins Gefangenenlager Guantanamo Bay spendieren.

Da ich nicht mit meiner Frau verheiratet war, sondern seit über zehn Jahren in einer auf Dauer angelegten nichtehelichen Lebensgemeinschaft lebte, oblag mir nicht die Totenfürsorgepflicht. Diese Verantwortung der Bestattung, die mit zwischenmenschlichen Verhaltensweisen, Ethik und Moral zu tun hat, obliegt den nächsten Angehörigen, in diesem Fall den Eltern.

Doch ist so eine Beerdigung mit Kosten verbunden und da meine Schwiegermutter links und rechts mit Seitenspiegel ausgestattet ist, um sicherzugehen, dass niemand ihr ein Hufeisen ins Kreuz wirft, schob sie die finanzielle Verantwortung auf das älteste Enkelkind. Hierzu reichten ein paar missmutige Laute aus, die sie von sich gab. Anschließend noch ein »Ach wie toll« des Enkelkindes und der Unmut kam perfekt herüber. So wurden die Sorgen der einen zu den Problemen des anderen und bevor sich weitere Schlussfolgerungen ergaben, hatte ich mich erdreistet, nach der Beisetzung für einen angemessenen Grabstein Sorge zu tragen.

Zunächst aber kümmerte ich mich um die Trauerkarten. Es sollten besondere werden, kein 08/15, die man in jedem Supermarkt kaufen konnte. Sie war der wichtigste

Mensch in meinem Leben und hat es verdient, etwas Individuelles zu erhalten.

Mit Hilfe eines Computers können derartige Karten mit besonderer Note gestaltet werden und so saß ich stundenlang vor meinem Laptop, um an einer aufklappbaren gefalteten Karte zu basteln.

Gleichzeitig bat ich die Kinder, sich auch Gedanken um das Erscheinungsbild einer ausgefallenen Bekanntgabe zu machen. Da sie sich ja fast täglich mit der Intelligenz eines Computers messen, indem sie endlos vor einem Computerspiel herumlungern, sollte es nicht schwer sein, kindliche Gedanken freien Lauf zu lassen.

Computer können eine beruhigende Wirkung haben und Spielern stundenlang interessiert davor sitzen lassen. Das hat natürlich zu allem Überfluss den Nachteil, dass man Kindergärten, Mittagsbetreuung und Tagesmütter durch Computerspiele ersetzen könnte.

Es war nicht so einfach, ein entsprechendes Monument zu fertigen und eine passende Sentenz zu finden. Einfacher wäre es, eine Karte für meine Schwiegermutter zu fertigen. Ein Falk-Stadtplan hätte gereicht oder die Speisekarte des Chinesen von nebenan, die rote oder die gelbe Karte vom FC, eine Fahrkarte, eine Spielkarte, die Visitenkarte des Beerdigungsunternehmers oder auch die Arschkarte, Hauptsache eine würdige Beileidsbekundung mit entsprechenden geflügelten Worten wie: »Du warst geschaffen, glückliche Männer zu hinterlassen.« Dazu wird bei der Bodenhochzeit noch das weltbekannte Volkslied gesungen: »Lass uns froh und munter sein …« und anschließend mit viel Alkohol das Fell versoffen.

Achtbar ist, dass Informatiker es geschafft haben, bis drei zählen zu können und so die 3D-Grafik erfanden. Früher zu Zeiten des Ping Pong von Atari – einem simplen Spiel, das dem Tischtennis sehr ähnelte, wobei sich ein Punkt auf dem Bildschirm hin und her bewegte, jeder der beiden Spieler mit einem Paddel einen senkrechten Balken von oben nach unten steuerte, um den Ball nicht an dem Balken vorbeikommen zu lassen – wurden noch 1D-Konsolen mit einer Grafik programmiert, wobei das Aufwendigste die Anzeige des aktuellen Spielstandes war.

Heute haben Grafiken eine unvorstellbare Dimension erreicht, mit vielen Herausforderungen, die einem immer aufs Neue fordern. Als ich fertig war, setzte ich mich mit den Kindern zusammen, um unsere gegenseitigen Fiktionen gemeinsam auf eine Karte zu bringen. Ich war überrascht, erstaunt, verblüfft und konsterniert zugleich über die wahnsinnig vielen, wundervollen, nachhaltigen Gedanken, die sie sich gemacht hatten, einen Gedenkstein aus Bild und Text zu schaffen, der Erinnerungszeichen, Gedächtniskraft und Andenken widerspiegelte.

Es war die Form dessen, was nicht vorhanden war, aber den Menschen in seinem Tun und Handeln stark beeinflussen könnte, dem Nichts. Leider lässt sich das Nichts in keiner Form beweisen oder gar messen, trotzdem bemerkt man, wenn man sich lange genug mit dem Thema beschäftigt hat, dass das Nichts in irgendeiner Weise doch existiert. Zum Beispiel wie das Nichts kaufen, weil es egal ist, was man kauft, solange man bezahlt, oder wie das riechen an einem Anti-Allergen-Parfüm, welches völlig frei von Duftstoffen ist und man nichts riecht; wie die Kinder, die frei nach der Devise gehandelt haben: Wer nichts macht, macht nichts verkehrt.

Einerseits frustrierte es mich, gebot jedoch eine gewisse Toleranz, die sehr förderlich für ein gesundes Leben und eine ausgeglichene Psyche war, denn ohne Frustrationstoleranz neigt man schnell zum Herzinfarkt, Bluthochdruck, cholerischen Anfällen und gewalttätigen Ausbrüchen. Andererseits erfreute es mich wiederum, weil nun all meine Gedanken, ausschließlich meine Gedanken, zu Papier gebracht werden konnten und das Aussehen der Trauerkarten mit meinen Eingebungen geschmückt werden konnte.

Es gehört zu den Trauerritualen und auch zum Trost für einem selber, den Sarg mit einem Blumenarrangement zu schmücken und da seitens der »Familie« nichts erwähnt wurde, in welcher Form es vonstattengehen sollte, welche Blumen, was für eine Schleife und mit welcher Botschaft, nahm ich mich unbedacht dieser Aufgabe an.

Strelitzien sollten es werden, eine Paradiesvogelblume mit schnabelförmigen roten Rändern, aus denen leuchtend orangefarbene und intensiv blaue Blüten sich öffnen, abwechselnd gebunden mit lachsfarbenen Rosen und einer blauen Schleife, die eine ganz persönliche Mitteilung von mir tragen wird.

Zusätzlich bestellte ich noch ein weiteres, größeres Gesteck, auch mit Strelitzien und lachsfarbenen Rosen und ließ auf der Schleife die Namen der Eltern und Kinder erwähnen.

9. Abschied ist ein schweres Schaf

Es kam der Tag der Beerdigung. Ein Tag, an dem es wie aus Eimern schüttete, als ich aus dem Auto stieg. Von Weitem sah ich schon meine Schwiegermutter und dachte: »Warum stehst du da draußen im Regen, geh doch nach Hause.«

Ohne Schirm lief ich zum Platz vor der Kapelle, die sich langsam mit trauernden

Gästen füllte, und als die Kapelle geöffnet wurde, beeilte ich mich, um einen guten Platz in der ersten Reihe zu ergattern. Ich blickte mich um und sah, wie das Gotteshaus immer voller wurde. Fast alle Plätze waren besetzt, teilweise mit Leuten, die ich gar nicht kannte.

Hier sieht man, dass das Geschäft mit dem Tod gewaltig ist und Millionen von Menschen am Leben hält. Bestattungsunternehmen, Friedhöfe, Krematorien, Testamentsvollstrecker, Totengräber, Kopfgeldjäger, Berufskiller und Grabredner verdienen sich ihren Lebensunterhalt mit dem Tod ihrer Mitmenschen. Aber auch die Waffenindustrie lebt letztendlich davon, dass möglichst viele Menschen ins Gras beißen und sich gegenseitig mit Maschinengewehren, abgesägten Schrotflinten, Pistolen, Bomben, Giftgas, Urangeschossen, Handgranaten, Panzerbrechern und Napalmbomben über den Jordan bringen.

Ich schaute auf die Gestecke, die in reichlicher Zahl vorhanden waren und um den Altar drapiert wurden, und fragte mich, ob Pflanzen ein Bewusstsein haben, das ihnen ermöglicht, den Tod als solches wahrzunehmen. Esoteriker behaupten es zwar, aber Naturwissenschaftler bezweifeln es wiederum.

Ein Apfel, der reif ist, vom Baum fällt und

wartet, dass er von Menschen oder Tieren verspeist wird, verbringt doch eine Ewigkeit in einer Art Zwischenstadium zwischen Leben und Tod. Einerseits ist sein Wachstum beendet, da er vom Mutterbaum nicht mehr mit Nährstoffen versorgt wird, andererseits ist sein Gewebe noch intakt und der Zerfallsprozess hat noch nicht eingesetzt. Erst wenn der Mensch seine blendamedweiß gebleichten Zähne in den Apfel schlägt, ihn zerkaut und in seinen Magen befördert, setzt doch der wahre Tod des Apfels ein, dessen Restbestandteile ein würdiges Ende finden.

Mein Blick wanderte weiter an dem frischen Blumenschmuck entlang, der einer Beerdigung immer einen feierlichen Rahmen gibt. Dabei erblickte ich ein Gesteck in Herzform mit roten Rosen. Auf der Schleife standen Namen, die mir seit Jahren geläufig waren und eigentlich eine starke emotionale Verbindung zu meiner verstorbenen Frau haben sollten.

Es war das Grabgesteck meiner Schwiegermutter, dessen Schleife die Namen der Nächstverwandten trug, die Eltern und Kinder der Verstorbenen. Meinen hatte man wohl vergessen, kann ja mal vorkommen.

Ich blickte weiter umher, suchte nach einem Gesteck der Kinder, fand aber keins und so ging ich davon aus, dass die Armut von den Hausbesitzern dreier vermieteter

Wohnungen schon so weit fortgeschritten war, dass man sich die Kosten für ein Gesteck schon teilen musste. Aber teilen macht alles nur noch schlimmer! Die geteilte Freude ist nur noch halb so groß, das geteilte Leid verdoppelt sich, selbst das einst so prachtvoll gefüllte Glas ist nach dem Teilen halb leer. Auch als Jesus das Brot teilte und es seinen Jüngern gab, sprach er: »Dies ist die eine Hälfte und das die andere.«

Rote Rosen! Rote Rosen sind eigentlich dem Ehemann vorbehalten, denn rote Rosen stehen für ewige Liebe, Begehren, Leidenschaft, Freunde, Vermissen und Erotik. Doch meine Schwiegermutter scheint unter der chronischen Krankheit der Verworrenheit zu leiden, eine formale Denkstörung, bei der man alles in den falschen Hals bekommt. »Ja, wenn du ohne deine Tochter nicht leben kannst, wieso bist du dann nicht tot?«, ging mir plötzlich durch den Kopf, ohne dabei ein einziges Wort zu verlieren.

Plötzlich höre ich das Fispeln meiner Schwiegermutter, als wenn sie aus dem letzten Loch pfiff und dabei ihre noch wenig verbleibenden Tage zählte oder sich auf das Spiel »Eckstein, Eckstein, alles muss versteckt sein« vorbereitete. Ich sah sie an und bemerkte, dass sie doch tatsächlich die uralte Kunst des Zählens beherrschte, sie zählte die Anzahl der Rosen, die sich an dem herzförmigen Trauergesteck befanden. Dann die unvorbereitete, fieberhafte Feststellung an ihren Mann: »Ich glaub, das sind keine fünfzig Stück, zähl du noch mal nach.«

Ihre Augen sind nicht die besten und sofort erinnerte ich mich an die schwäbisch-anatomische Besonderheit eines mittelschweren Knicks in der Optik, der sämtliche Sachen wesentlich kleiner und unbedeutender erscheinen lässt. Alles deutlich sehen zu können ist eben eine Kunst, nicht wie der Fisch im Wasser, der nur den Wurm sieht und nicht den Haken.

Dann dachte ich an den übermäßigen Geiz einer ausgebürgerten Schottin nach: »Sag mal, ist dir das während der Pubertät noch freistehende Portemonnaie zwischenzeitlich am Arsch angewachsen? Ernährt sich dein Konto nur noch von der Anwesenheit statt vom Geld? Oder ist das Fehlen von drei Rosen als Sparmaßnahme anzusehen? Deine Tochter ist dreiundfünfzig Jahre alt, nächsten Monat wäre sie vierundfünfzig geworden, schon vergessen?«

Es war, als wenn man vor einer Rolltreppe stand und die Stufen zählte. Warum haben Viren nur so einen Stolz und lassen Schwiegermütter nicht an Schweinegrippe erkranken?

Nach der Beisetzung hörte es langsam auf

zu regnen, doch den Wolken bereitete es ein großes Vergnügen mit ihren gigantischen Ausmaßen die Sonne zu verdecken. In Scharen zogen sie am Himmel entlang und ließen den heutigen sommerlichen Tag herbstlich erscheinen.

Das im interkulturellen Vergleich am weitesten verbreitete Ritual bei Begräbnissen ist der anschließende Beerdigungsschmaus. Dieser sollte im Garten meiner Schwiegermutter stattfinden. Hier sollte bei gemeinsamem Kaffee und Kuchen ein Rahmen geschaffen werden, der zum Gedenken stattfand und in dem Geschichten rund um die Verstorbenen erzählt wurden.

Mittlerweile hatte ich mich etwas gefangen, zumindest äußerlich. Innerlich tat natürlich alles noch mächtig weh, aber ich versuchte mir nichts anmerken zu lassen. Doch das Kopfkino hielt Sondervorstellungen bereit, die mich immer wieder fragen ließen, warum. Warum ist sie gegangen, obwohl es doch viel zu früh war. Immer musste ich an sie denken und stellte mir immer wieder dieselben Fragen, ohne eine Antwort zu erhalten.

Für mich ist mehr als nur eine Welt zerbrochen, für mich ist es, als wenn mir bei lebendigem Leibe das Herz herausgerissen wurde und ich nun versuche nicht zu verbluten. Von außen wird es ganz langsam mit der Zeit verheilen, doch innen wird immer eine tiefe Wunde verbleiben. Wie heißt es so schön: Liebe ist das Einzige, was mehr wird, wenn man es teilt. Und ich wollte mein ganzes Leben mit ihr teilen.

Wieso musste das Schicksal sie so sehr bestrafen und ausgerechnet sie? Dabei gibt es genug andere Leute, die es viel nötiger haben, schließlich passieren im Haushalt beim Kreuzworträtsellösen und Wäschesortieren mehr Unfälle als im Straßenverkehr und wer jung bleiben will, der schafft das nur durch zeitiges Gehen. Manche haben so viel Schiss vor dem Sterben, dass sie vor lauter Schiss vergessen zu leben.

Der Schmaus war voll im Gange, es wurde gelacht, gegrinst, gekichert und geschmunzelt. Die einen versuchten sich mit aufgezwungenen Gesprächen zu unterhalten, die anderen mit unlustigen Witzen. Die Heiterkeit, die dabei entstand, ließ schnell den Abstand vom traurigen Anlass gewinnen und erreichte kurzerhand die alltägliche Normalität. Ich spürte, wie in mir die Wut aufstieg, die ich nur mühsam kontrollieren konnte. Es war gerade mal eine Stunde vergangen, seit die Beerdigung stattgefunden hatte. »Ist das alles schon in Vergessenheit geraten? Mutter, Vater, Kinder, Tante, Onkel, Nachbar und Freunde: verwechselt ihr da nicht den Gemütszustand der Trauer mit der Freude? Oder betreibt ihr hier eine bestimmte Kommunikationsstrategie, die man auch Heuchelei nennt?«

Bevor sich die Hälfte meiner Gehirnzellen entfernten und verbleibende Schäden verursachten, verabschiedete ich mich lieber auf englische Art mit »French leave«; auf spanische Art mit »despedirse a la francesa«, auf französische Art mit »filer à l'anglaise« und auf deutsche Art mit dem unauffälligen Verdrücken, einen polnischen Abgang machen.

Viele Leute benutzen die Ausrede: »Ich geh mal kurz auf Klo«, um zu verschwinden, was dann frühestens nach einer halben Stunden festgestellt wird.

Mitunter kann es auch vorkommen, dass man sich in einer Runde geistiger Mängelexemplare wiederfindet, dann wäre es angebracht, sich mit: »Ich denke, ich bin … hier falsch« zu verabschieden.

10. Muss man für eine freche Klappe einen Waffenschein haben?

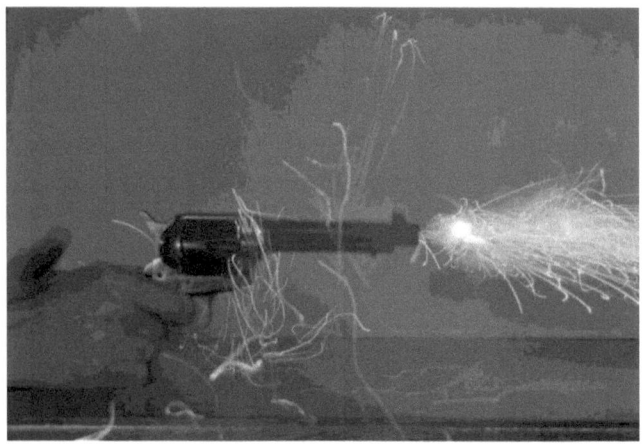

Zwei Tage später kümmerte ich mich um die Danksagungen der Beerdigungsgäste, denn wie bereits der römische Redner und Schriftsteller Marcus Tullius Cicero erwähnte: *Keine Schuld ist dringender, als die, Dank zu sagen*. Bei den Karten konnte ich wieder meiner Kreativität freien Lauf lassen, denn von den Angehörigen hatten alle keine Zeit. Es ist die Begebenheit, die man mit einer Flasche Wein vergleichen kann: nur gut, wenn sie voll ist.

Zeit ist ein wichtiges Merkmal, das für die meisten viel zu schnell vergeht, abgesehen von Häftlingen. Viele von ihnen nutzen die Zeit, sich mithilfe von Büchern weiterzubilden. Am beliebtesten sind Bücher über die »Gefängnisverhütung«, »Reichtum für Dumme«, »Panzerknacken leicht gemacht« und »Geldschränke öffnen mit Sicherheitsnadeln«. Oft werden auch zur Auflockerung des Gefängnisalltags lustige Spielchen gespielt, wie zum Beispiel das beleibte »Seifendrehen« unter der Dusche.

Führt die Beschäftigung aber zu einer Zeitnot, wird das Leben in Termine eingeteilt, welche nach einer genau geregelten Vorgabe abgearbeitet werden müssen. Hat man seine Termine wiederum im Griff, gelangt man auf diese Weise zu wesentlich mehr Freizeit.

Aber keine Zeit zu haben, das sind Sprüche von Kindern, wenn ein Elternteil irgendwas Wichtiges für sie zu tun hat, zum Beispiel die Hausaufgaben machen, den Müll herausbringen oder das Zimmer aufräumen. Vor allem dann wird von Zeitmangel gesprochen, wenn deren Gehirn gerade vom Computer aufgesaugt wird. Aufforderungen wie:

»Komm sofort aus deinem Zimmer und iss zu Mittag!« werden meistens ignoriert:

»Nein, Mama, ich esse heute Kabelsalat und komme nicht runter!«

Ich ertappte mich gerade dabei, wie ich einen Zwinger bildlich am Computer gestaltete, mit darin befindlichen gemütlichen

Strohbetten, der Aufsicht durch den BND, äußerst kreativ gestalteten Gitterstangen, vier Maulkörben und einem Schild mit der Aufschrift: Familienverwaltungsstelle. Es entstand ein Gemälde, das es eigentlich verdient hätte, im Louvre aufgehängt zu werden.

Doch ich ließ schnell davon ab, kümmerte mich um die eigentlichen Karten und als diese fertig waren, durfte ich sie freundlicherweise im Beisein der Kinder ausdrucken, damit gleich die bestellte Anzahl in Empfang genommen werden konnte. Vielleicht sollte auch der Erfolg als eigener verkauft werden, sich einfach mal wie die Krähe mit bunten Federn zu schmücken, um ein gepflegtes Äußeres zu schaffen, bevor sich andere übergeben.

Bei dieser Gelegenheit erwähnte ich, dass ich mich in den nächsten Tagen um die Gestaltung des Grabes kümmern würde, wobei ich meine Vorstellung mit einem Bleistift auf ein Stück Papier kritzelte. Ein Stein mit passender Grabeinfassung soll verwendet werden, in dessen Umrahmung eine Illustration aus verschiedenen Zierkiesen gestaltet werden soll. Dabei erstrahlt aus einer Ecke eine Sonne in kristallgelbem Kies, gebettet auf labradorblauem Split mit einer aus groben weißen Steinen geschwungenen Wolke. Das Ganze über zwei Drittel der Grabfläche, sodass noch Platz vorhanden ist für das Pflanzen von Blumen.

Meine Skizze wurde einer sorgfältigen, augenscheinlichen Prüfung unterzogen, das Blatt gedreht und gewendet, als wenn man explizit nach Rechtschreibfehlern suchte. Dann die Meinung des fachlich visierten, einfältigen, dilettantischen Jurorenkomitees, dessen Gehirn nicht mit einer Wohnung, nicht mit einem Singlehaushalt sondern mit einer Studentenbude verglichen werden kann:

»So was sieht doch kitschig aus, eine immergrüne Buchsbaumhecke beeinflusst eine solche kleine Beetfläche doch viel positiver und eignet sich auch zum Formschnitt.«

Ich war innerlich bestürzt, ein wenig erregt, tief getroffen, empört und indigniert, über die Worte, die meine Idee sofort verwarfen. »Eine Buchsbaumhecke? Jedes zweite Grab umschließt eine Buchsbaumhecke. Die meisten werden nie geschnitten und überlagern bereits nach fünf Jahren die Grabstellen, die dann veranschaulicht den Urwald Brasiliens wiedergeben.«

Bereits einige Tage zuvor hatte ich mit meiner Schwiegermutter über die Gestaltung dieser Art gesprochen, fast die gleiche Antwort erhalten und schon lag etwas Beunruhigendes in der Luft, das spürte ich.

War es eine Verschwörung, um eine bestimmte Entwicklung durch eine geheime Absprache zu beeinflussen; ein Aufstand der geistigen Elite, die sich von dem unteren Rang einer Hierarchie gegen den oberen Rang richtete, eine Rebellion, ein Widerstand oder nur eine Vereinbarung, ein Vertrag; eine Übereinstimmung, die die beteiligten Parteien heimlich geschlossen hatten, um andere auszutricksen?

Doch bevor es zu einer Eskalation kam, weil Argumente ausblieben und die Wortgewalt überzeugend zunahm, hakte ich meine Grabgestaltung mit Kies, die harmonischer und edler wirken würde, innerlich ab.

Die nächsten Tage verbrachte ich bei diversen Steinmetzen, um nach einem würdevollen Grabmal zu suchen. Hier fand ich Basaltstelen mit polierter Innenschriftfläche und handwerklich eingearbeiteter vergoldeter Sonne; zweiteilige Denkmäler in polierter Ausführung mit Kreuz und Inschrift aus Edelstahl; ein Stein, der durch den Kontrast von Glas in warmen Farbtönen zu Granit in matt geschliffener Ausführung bestach; wieder eine Basaltstele mit farbig eingefasstem Tor und allseitig eingehauenem Weg, der die Höhen und Tiefen des Lebens beschrieb; ein heller Marmor mit plastisch gehauenen Rosen, dem Zeichen der Liebe, wo der Schriftzug der Verstorbenen in Alu angebohrt wurde.

Fünf Stück hatte ich ausgesucht, sie fotografiert und per E-Mail an den älteren Sohn gesandt, mit der Bitte zu sondieren, welcher am eindrucksvollsten erscheint. Eine demokratische Abstimmung sollte es werden, um nicht den Eindruck zu erwecken, wie ein Diktator zu bestimmen. Sicherlich hätte ich auch eine Münze werfen und bei Kopf den wählen können, der mir am besten gefiel, schließlich würde ich ihn auch bezahlen. Bei Zahl wird dann so lange geworfen, bis die Kopfseite erscheint.

Doch wollte ich mit dummen Leuten keinen Streit hervorrufen, mich mit niemandem in die Haare kriegen, die einem nur auf ihr Niveau herabziehen und versuchen mich mit ihrer Erfahrung zu erschlagen.

Es gibt in solchen Sachen immer zwei Meinungen, die meine und die falsche, darum besser gleich den Hirten totprügeln, damit die Schafe sich verstreuen.

Ich wartete und ließ die Tage vergehen, die in unterschiedlichsten Arten erschienen. Da gab es Regentage, die zur Gattung der schlechten Tage gehören, sowie sonnige, die meist eher zu den guten gezählt werden; der Tag der Arbeit, wo meistens nicht gearbeitet wird; Tag der deutschen Einheit, die

Abschlussfeier über den Sieg des Kommunismus; Volkstrauertag in Anlehnung an den 3. Oktober; Sonntage, wo die meisten Solarien geschlossen haben und viele Tage mehr.

Danach vergingen Wochen ohne ein Sterbenswort. Sie sind ein wichtiger Bestandteil des Jahres, die es 52-mal gibt und im Schaltjahr sogar 52,14-mal. Meist endet die Woche am Freitagnachmittag und dann dauert es etwa zwei Tage, bis sie wiederum beginnt. Das dazwischen liegende Wochenende dient dazu, mal die Sau rauszulassen und richtig abzufeiern.

Schließlich und endlich vergingen Monate des Stillschweigens, Zeiteinheiten, die doppelt so lang sind wie Monatsgehälter und das bei unterschiedlicher Dauer. Von ihnen gibt es im gregorianischen Kalender ganze zwölf Stück an der Zahl, wobei im Zuge der Kalenderreform von 1582 jeder seinen eigenen Namen erhalten hatte. Sie sind eine der wichtigsten Zeiteinheiten, denn soll zum Beispiel der Sex nicht einer Fortpflanzung dienen, so kann innerhalb von wenigen Monaten aus Spaß Ernst werden.

Auch Insassen, die ihre Haftstrafe in geschlossenen Ferienanlagen genießen, bedienen sich dieser Zeiteinheit und dekorieren ihre Zellen mit wirren Strichen an den Wänden, eine Aneinanderreihung vieler Tage, die irgendwann einen Monat ergeben.

Ich übte mich in Geduld, eine Fähigkeit, warten zu können. Geduld ist auch etwas, was man verlieren kann oder sich bald zu Ende neigt, wenn man mit den Nerven fertig ist. Geduld taucht überall auf, selbst beim Aldi, wenn eine Rentnerin mit der Zeitlupengeschwindigkeit einer osmanischen Landschildkröte die Ware auf das Laufband stellt.

Wer wenig Geduld hat, dem platzt bald der Kragen, dessen Kopf wird schnell rot, der Schweiß läuft an der Nasenspitze herunter, die Krawatte wird enger, die Füße unruhiger und es folgt letztendlich die Zerstörung von Lieblingsgegenständen, wie Vasen, Gläser und Schwiegermütter.

Es kam der November, ein Monat der Besinnung und des Gedenkens, wo Gräber für die bevorstehenden Gedenktage und den Winter hergerichtet werden. Dort, wo sich sonst der jahreszeitlich wechselnde Blumenschmuck befindet, erfolgt eine Wintereindeckung mit verschiedenen Edeltannenarten.

Ich beauftragte eine Gärtnerei, ein sinnvolles Bild nach meinen Vorstellungen zu schaffen. Das Grab komplett mit einer beeindruckenden silbrig-blauen Tanne abzudecken, in der Mitte ein Herz aus Islandmoos zu formen, mit den Zweigen einer Muschelzypresse zu füllen und mit der grünen

Oberseite der Nordmanntanne zu umrahmen. Ein grünes Farbenspiel, wie das Grün der Hoffnung und der Zuversicht; die Leben und Wachstum assoziiert; Frische und Natürlichkeit vereinigt und positive Veränderungen im Leben erhofft.

Tage später klingelte bei mir das Telefon und meine Schwiegermutter war dran. Ihre Frage galt zunächst, was mit dem Grabstein sei, worauf ich ihr die Information gab, dass der ältere ihrer beiden Enkelkinder bereits seit über vier Monaten über meine Vorschläge wacht und es bisher nicht für nötig hielt eine Entscheidung zu treffen. Mit diesem Hinweis wolle sie bei dem Enkelkind Druck ausüben.

Dann die Frage: »Warst du das, der das Grab gemacht hat?«

Nein, es waren die Heinzelmännchen, die bereits im Mittelalter die Musketiere ausgebildet hatten, dachte ich mir und sprach: »Natürlich war ich das, wer soll es denn sonst gewesen sein. Von euch hat doch keiner Zeit, sich um die Pflege zu kümmern, am wenigsten die Kinder.«

»Nun werde mal nicht so frech«, hieß es auf einmal. »Wer hat dir überhaupt die Genehmigung erteilt, das Grab zu machen?«

Oh, dachte ich mir, um meine Willenlosigkeit zu erreichen, werden jetzt schwere Geschütze aufgefahren und so antwortete ich: »Ich brauch keine Genehmigung, um die Grabstelle zu schmücken. Dort liegt meine Frau, die ich, ja ich jahrelang gepflegt habe und wenn ich der Meinung bin, das Grab herzurichten, dann …«

Sie unterbrach einfach meinen Redefluss und sprach sehr bestimmend: »Hast du das Grab gekauft?«

»Nein, ich hab es genauso wenig gekauft wie du«, antwortete ich, »was mich aber nicht davon abhält, …«

Plötzlich trat Ruhe ein, ein Fehlen von Geräuschen, Gemecker und Gezeter. Es war das Abbrechen eines Telefongespräches durch das vorzeitige Auflegen des Hörers durch die Anruferin. Ein unhöfliches Gebaren, das ich aber sofort ignorierte, da eine Intervention sich ungünstig auf meine Persönlichkeit auswirken würde.

Es kann schon fatale Folgen haben, wenn man die Wahrheit ungebremst jemandem an den Kopf knallt, aber wer zum Himmel emporspuckt, bespuckt sich selbst. Sicherlich kann man die Wahrheit auch mit dem Hilfsmittel »Höflichkeit« umgehen, also etwas andeuten, ohne etwas auszusprechen, wodurch allerdings ein falscher Eindruck entstehen könnte.

In der Mathematik bezeichnet man mit

Wahrheit das absolute Fehlen von Falschheit oder das, was von den Lügen übrig bleibt, nachdem man sie geeigneten mathematischen Operationen unterzogen hat wie Wurzelziehen. Schwierig ist es, die Wahrheit von der Lüge zu unterscheiden. Das liegt daran, dass viele Lügen wahr werden, wenn man sie nur oft genug wiederholt.

Aber nichtsdestotrotz danke ich für dieses aufschlussreiche, sehr informative Gespräch und wünsche auch dir, liebe Schwiegermutter, einen wunderschönen, unerklärlichen, doch viel zu selten eintretenden Stromausfall, wenn du am Beatmungsgerät angeschlossen bist.

Das erinnert mich so an den März 2011, wo es im kompletten Reichstag einen totalen Stromausfall gab. Toiletten durften nicht benutzt werden, da die Pumpen ausschließlich elektrisch betrieben wurden, und so hieß es dann entweder in die Spree scheißen oder mit vollen Hosen verweilen. Einige dieser fleißigen Abgeordneten verpassten sogar wichtige Termine, weil Sie bis zu zwei Stunden auf der Rolltreppe festhingen. Aber ob mit oder ohne Strom, es kommt eh nur Scheiße raus.

Meine Mutter ist auch nicht viel anders, sie ist schließlich auch eine Schwiegermutter, die Schwiegermutter meiner Frau. Punkt, Punkt, Komma, Strich, fertig ist das Mondgesicht. Oben Käse, unten Butter, fertig ist die Schwiegermutter. Als meine Mutter geboren wurde, hat der Teufel laut gerufen: »Scheiße, Konkurrenz!«

Schwiegermütter von Männern fressen gerne unwissende Ehefrauen, die, ohne es zu wissen, in die Fänge dieser Geschöpfe kommen, weswegen sie auch gerne als Schwiegertiger bezeichnet werden. Sie sind ständig auf der Jagd, einen Fehler in dem bornierten Sozialverhalten der »Neuen« festzustellen.

Hinter der an sich harmlosen Bezeichnung Schwiegermutter verbirgt sich häufig ein menschlicher Fremdkörper, der sich durch Besuchszwang sowie eine psychologische Guerillataktik in die Herzen der Schwiegertochter zu stechen versteht. Aber wie kann man solche Personen von seiner äußerst bezaubernden Persönlichkeit überzeugen, ohne dabei kilometertief in den Arsch zu kriechen? Nicht wie bei der Fernsehsendung »Schwiegertochter gesucht«, wo man versucht mit Ratschlägen die Schwiegermutter zu bezirzen.

Eine Kuppelshow für psychiatrische Härtefälle, auch bekannt als *RTL Restevögeln* oder *Baggern bis der Pfleger kommt*. Da wird dann lautstark verkündigt, dass es im Haus scheiße und versifft aussieht, nur um damit anzudeuten, dass man ein ordnungsliebender Mensch ist, der viel Wert auf Hygiene und Sauberkeit legt.

Beim Essen verschmäht man das mühevoll zubereitete Mahl mit der Begründung, dass man Zuhause die Speisen ausschließlich mit Kaviar und Champagnersauce zubereitet und diese mit hauchdünnen Trüffelscheiben garniert.

Dass man aber einen Gasherd aus der DDR-Zeit mit nur zwei Flammen besitzt, sich überwiegend von Pizza und Dosen-Ravioli aus der Mikrowelle ernährt und in einem Kellerloch mit leicht feuchten Wänden haust, wird stillschweigend verschwiegen.

Eine Schwiegermutter ist einem Politiker nicht unähnlich. Man kann sich zwar im Prinzip frei für eine von ihnen entscheiden, aber am Ende ist fast immer jahrelanger Terror gewiss. Meistens verpassen sie bei Besuchen die Zeit, sich zu verabschieden, sodass man schon dezent darauf hinweisen muss: »Komm, Mama, ich fahr dich nach Hause. Dein Make-Up benötigt etwas Pflege.«

Vorher buhlt sie noch um die Liebe ihres leiblichen Sohnes und tritt als Konkurrentin der Ehefrau und/oder der Lebensgefährtin auf. Bei jeder Gelegenheit macht sie ihren Sohn auf die Unzulässigkeiten der Anvertrauten aufmerksam und hinterlässt eine unterschwellige Kritik:

»Mein lieber Junge, du siehst aber blass aus. Bekommst du von deiner Frau nichts Gescheites zu essen?« Oder: »Sie sieht heute ungepflegt aus, sie sollte sich mal rasieren.«

Diese Arten von Menschen wachen argwöhnisch darüber, ob die »Neue«, die Lebensgefährtin oder auch die Schwiegertochter allen schwiegermütterlichen Perfektionsansprüchen gerecht wird und sich devot und dienstbeflissen für das leibliche Wohl aufopfert, wobei jeder noch so kleine Fehler in der Vorbereitung mit kleinen Sticheleien und Erniedrigungen kommentiert wird.

»Also Kind, so geht das nicht, die Gans muss vorher gerupft werden, sonst riecht das doch ganz verbrannt, Dummerchen, wer hat dir nur das Kochen beigebracht?« Das ist dann der Moment, wo die Stimmung am Nullpunkt angekommen ist und die Schwiegertochter sich die dritte Dosis Diazepam zu Gemüte führt, um so die andauernden Sticheleien zu ertragen.

In extremen Fällen wird sogar die Post des jungen Paares gelesen und zensiert oder die Schwiegertochter gar verleumdet. Das geht von: »sie lässt ihren Haushalt total verkommen«, über: »sie will mich mit ihrem Fraß vergiften« bis zu: »sie misshandelt ihre Kinder«, wenn welche da sind.

Derartige Schwiegermütter sind der Überzeugung, dass keine Frau auf der Welt gut genug ist für ihren kostbaren geliebten Sohn. Meistens sind es Einzelkinder, denen alles in den Arsch geschoben wurde, wodurch eine unmittelbare Mutter-Sohn-Klammer-Beziehung entstanden ist.

So können sie auf der Toilette so lange sie wollen Zeitung lesen und sie anschließend einfach irgendwo fallen lassen. Niemand nörgelt über die nicht heruntergeklappte Klobrille, über die Barthaare, die nach der Rasur im Waschbecken liegen, über die gewaltsam zusammengequetschte Zahnpastatube und keiner verdonnert sie, den Müll rauszutragen.

In Fachkreisen wird das Verhalten solcher Kinder auch als SVEN-Effekt bezeichnet, als **S**uper-**V**erwöhnter-**E**inzel-**N**achwuchs.

Selbst wenn man seine schmutzige Wäsche in einen Wäschekorb wirft, findet man sie spätestens nach zwei Tage sauber, wohlriechend und gebügelt in seinem Kleiderschrank wieder.

Zweimal die Woche wird das Zimmer von der Mama geputzt, sie passt auf, dass er richtig gekleidet ist, und sorgt dafür, dass endlich mal die Snoopy-Boxer-Shorts von 1992 entsorgt werden. Zwischendurch wird immer wieder sein Lieblingsmahl gekocht, um ihn einfach damit zu verhätscheln.

Dagegen muss er sich Vorträge über gesunde Lebensführung, Rauchverbote und Diätkost über sich ergehen lassen sowie das Entfernen von Mitessern, die plötzlich und oftmals sogar, ohne sich vorher anzukündigen, erscheinen. Viele Hautärzte warnen allerdings davor, sie auszudrücken, da so die Gefahr besteht, dass man den Ehrgeiz dieser kleinen Parasiten weckt und sie womöglich ihre kleinen Freunde Abszess und Akne zu Hilfe rufen.

Das Zimmer des Muttiwohners hat er ganz nach seinem männlichen Geschmack eingerichtet. Es besteht im Wesentlichen aus einem Revox 5.1 Surround System mit 1000 Watt Active Bass, einem 600Hz Full HD LED-Flachbild-Fernseher mit mindestens 110 cm Bildschirmdiagonale sowie einem Abo des Pflichtsenders aller Fußballbegeisterten, Sky Deutschland.

Am Wochenende geht er dann regelmäßig mit seinen Freunden auf die Piste und hat er dann doch mal ein Mädchen kennengelernt, mit der er eine Zukunft plant, dann heißt es: »Du musst doch nicht gleich ausziehen, mein Junge. Bei Mutti ist es doch am besten und hier bekommst du doch alles.«

An solchen Lebewesen ist ganz schwer heranzukommen; sie weigern sich einfach, die Schwiegertochter zu akzeptieren, die es wagt, ihr den Sohn wegzunehmen. In ihren Augen ist »die Neue« eine schlechte, unpassende Wahl und das wird sie bei jeder Gelegenheit auch zeigen.

Die liebevollen, freundlichen, sanftmütigen, eigentlich nicht so gemeinten Sticheleien kommen immer nur über drei Ecken an die betreffende Person, wie zum Geburtstag, wenn die Schwiegertochter von ihrer Schwiegermutter ein Haushaltsgerät mit dem Hinweis erhält: »Damit du es beim nächsten Mal besser hinkriegst.« Oder wenn man auf so einer Feier mal ein Gläschen Wein oder ein Bierchen trinkt: »Muss denn ewig diese Sauferei sein, hast du ein Alkoholproblem?« Genauso der Hinweis einer Mutter, die ihre Schwiegertochter das erste Mal traf und meinte: »Hübsche Frisur, aber lange Haare würden dir besser stehen.«

»Ja, Frau Hölle!« Hier stellt sich jetzt die Frage, was ist der Unterschied zwischen einer Schwiegermutter und einer Truthenne? Die eine hat ein großes Maul und die andere lebt im Zoo.

Doch ist die böse Schwiegermutter wirklich Realität? Nun, immerhin hat der schlechte Ruf von Schwiegermüttern dazu geführt, dass ein sehr dorniger Kugelkaktus »Schwiegermuttersitz« oder »Schwiegermutterstuhl« genannt wird und dass man die Sansevieria, eine Zimmerpflanze mit scharfen Blattspitzen, die ganz nahe mit der Familie der Drachengewächse verwandt ist, als »Schwiegermutterzunge« bezeichnet.

Möglicherweise wird man es nie erfahren, warum Schwiegermütter eigentlich Prügelknaben oder auch Prügelmädchen suchen, aber letztendlich spielen die Gründe keine wichtige Rolle, solange man nicht unbedingt mit solchen Drachen unter einem Dach wohnt.

Von Natur aus sind sie nörgelnde alte Zickenweiber, die sich gerne mit der Frau des Sohnes anlegen und nur das Schlechteste in ihr sehen. Sätze wie: »Also zu meiner Zeit hat es so was nicht gegeben« sind keine Seltenheit, oder »du solltest besser nicht …«, manchmal auch etwas pikiert: »ich verlange doch wirklich nicht zu viel, oder?«

Hinzu kommt noch, dass ihr die Privatsphäre total egal ist und wenn sie gerade mal bei den Kindern ist, die augenblicklich an der frischen Luft schnüffeln, schnüffelt sie derweil in deren Unterwäsche herum.

»Was sind denn das für Dinger, das ist ja keine Unterwäsche, das ist ja Reizwäsche, Igittigitt. Bei dem BH sieht man ja mehr nackte Haut als erlaubt ist und so ein Höschen mit dem Bändchen braucht ja weiß Gott nicht viel Platz in der Waschmaschine. Die erkältet sich doch mit dem dünnen Stoff. Zu meiner Zeit hat es so was nicht gegeben.«

Schwiegermütter gehören, wie die Enten, zu den neugierigsten Lebewesen dieser Erde. Ihr aktueller, spontaner Drang zur Wissensgier wird damit begründet, dass eine Eifersucht zur Schwiegertochter existiert. Die Folgen der Neugier sind erschwert davon abhängig, welches Engagement an den Tag gelegt wird und welche Resultate aus ihr erzielt wurden.

Der leibliche Sohn wird in dieser Frau-Mann-Mutter Beziehung immer noch behandelt, als wäre er ein Kleinkind, wo immer wieder zu hören ist:

»Iss immer schön Obst und Gemüse, mein Junge!« Eine gutgemeinte Aufforderung, die man mit einem offenherzigen: »Ja, Mama, ist Pizza denn auch ein Gemüse?« entgegnet. Oder: »Aber Gemüse schmeckt am besten, wenn man es direkt vor dem Verzehr durch ein saftiges Steak ersetzt.«

»Hast du dir auch die Zähne ordentlich geputzt?« Wobei die Mutti mit den Fingern die Lippen voneinander quetscht, um mit einem kritischen Blick den Tatbestand zu überprüfen. »Nimm lieber noch ein Kaugummi, aber ein anständiges«, wird dann noch nachgeraten. «Ja, mach ich und ab morgen werden ich Rasierklingen kauen, in der Hoffnung, dass die nicht so viele Nebenwirkungen haben, wie ein unanständiges Kaugummi.«

»Bist du denn auch warm genug angezogen?« Dabei wird das Hemd unter dem Pullover nochmals kräftig nach oben gezogen, sodass es aus der Hose rutscht, der letzte Knopf verschlossen und der Pullover energisch über den Hosenbund gerückt, sodass er hautnah am Körper liegt. »Und der Knopf bleibt zu, sonst frierst du!« »Ja, Mami, ich lass mir einen hautengen Strampler stricken und werde dann damit die heimischen Wälder verunsichern.«

»Hände gewaschen?« Eine der typischsten Fragen einer Mutter, wenn man vom Klo kommt. Auch hier das Abchecken der Hände mit dem urteilsfähigen Blick einer Familienmanagerin und der abfälligen Bemerkung: »Ich muss erst mal deine Fingernägel schneiden!«

Viele Mamikinder, Hosenscheißer oder auch Ödipussis können sich nicht aus den Klammern ihrer Mutter lösen, was die Schwierigkeit verstärkt, dass die Schwiegermutter ihre Schwerter uneingeschränkt wetzen kann, da die Partnerin sich alleine fühlt und somit eine perfekte Angriffsfläche bietet.

Nicht immer merkt man sofort, auf welche Sorte Mensch man sich eingelassen hat. Selbst ein Muttersöhnchen ist in der Lage, sich geschickt zu tarnen. Aber dann ist es passiert, man hat sich verliebt und merkt erst jetzt, dass hinter der großen Liebe eine übergroße Mutter steht.

Anders ist es bei den Mädels, denn da ist allseits bekannt, dass die Tochter Papis Prinzessin ist und eine Vater-Tochter-Beziehung das Leben einer Frau prägt. Nach anstrengenden Jahren der Aufzucht und der Bewachung besteht dann irgendwann mal der Bedarf, die Verantwortung an jemanden anderen zu übertragen, sodass man sich eines Schwiegersohnes annimmt.

Der wiederum hat dann früher oder später mit den Verleumdungen der Schwiegermutter, der Mutter seiner Liebsten, zu kämpfen, wenn hinterrücks arglistige, hinterhältige und scheinheilige Dinge verbreitet werden.

Genauso als ich seinerzeit zur Vereinfachung der Rasenpflege eine Begrenzung der Rasenkante mit roten Pflastersteinen verlegt hatte, damit mein Schwiegervater nicht wie ein Krustentier durchs Leben krabbeln muss, um die Kanten zu schneiden.

Sicherlich wäre das eine Aufgabe für das in der Einliegerwohnung lebende Enkelkind gewesen, doch Kinder sind Rudeltiere, deren Jagdgründe gerade Mal von der Arbeitsstelle bis zum häuslichen Kühlschrank reichen.

Nachdem ich die optische Verschönerung der Rasenfläche abgeschlossen hatte, wurden zunächst oberflächliche markante Worte gesprochen, aber anschließend die Arbeit freudestrahlend und zuversichtlich begutachtet. Es folgten sogar Komplimente, die zwar von einer Schwiegermutter nicht viel zu bedeuten hatten, da sie nur einschleimend sind, aber zumindest meine gute Laune beschwichtigten.

Es ist wie die Geschichte mit dem Wolf. Man steht vor ihm und denk sich: »Scheiße, der will mich beißen« und dann bückt man sich runter, schaut ihm tief in die Augen und sagt mit zittriger Stimme: »Na du! Du bist aber brav, du tust überhaupt nichts, du bist ein ganz lieber Kerl!«

Der Wolf fletscht in diesem Moment zwar die Zähne, aber man ist immer noch der Meinung, dass er nicht beißt, weil man ja lieb zu ihm ist. Und dann redet man weiter: »Hey du, du hast so ein schönes Fell, ich würde es gerne mal streicheln.«

Der Wolf hält einen für bekloppt, dreht sich um und geht. Dabei murmelte er: »Ach, wenn der mich so nett findet, dann wäre es scheiße von mir, wenn ich ihn jetzt beißen würde, das kann ich auch noch später machen.«

Komplimente verhindern also eine Auseinandersetzung zwischen den Lebewesen, auch zwischen Schwiegermüttern und Schwiegersöhnen. Doch plötzlich und natürlich unerwartet hört man dann von Dritten, wie eine als sympathisch eingeführte Figur zum Quotenneger unspektakulär verheizt wird:

»Der ist doch nicht ganz nicht dicht, haut

hier Steine in den Rasen, verunstaltet den ganzen Garten. Wie sieht es hier nur aus. Der macht einfach, was er will, ohne zu fragen.«

Nach erfolgreicher Diskriminierung kommt es zum Showdown, bei dem man am liebsten der Schwiegermutter von Angesicht zu Angesicht gegenüber stehen möchte, um ihr in den Allerwertesten zu treten.

Jede Gelegenheit wird genutzt, um hinter dem Rücken über andere herzuziehen. Sie ist dafür prädestiniert, alle Bekannten und Verwandten mit möglichst langen, sinnfreien, verfälschten, erdachten und denunzierenden Gesprächen zu nerven und so den Betroffenen das Leben schwer zu machen.

Spricht man sie darauf an, ist es, als wenn man nach Lust und Laune bei der Polizei anruft und eine Pizza bestellt oder beim Pizzaservice anruft und mitteilt, dass man beklaut worden ist.

Dann noch schnell die Erinnerung an die selbstgenossene Erziehung: »Unsere Jugend ist heruntergekommen und zuchtlos. Keiner hört mehr auf uns, die Jungen nicht auf ihre Eltern, die Erwachsenen nicht auf die Alten. Das wird noch mal ein ganz schlimmes Ende nehmen, woran die Welt zugrunde geht.«

Es ist die Heimtücke, die Hinterhältigkeit, die Boshaftigkeit, Wut und Schadenfreude,

die bewusste Ausnutzung der auf Arglosig-
keit beruhenden Wehrlosigkeit, die das Herz
einer Schwiegermutter erfreuen lässt.

Einfach hintenherum durch die Brust ins
Auge, sodass man es erst gar nicht kommen
sieht, denn wer Gutes nachsagt, tut bitter
unrecht.

Hier führt die Feststellung zur Frage: Was
heißt Schwiegermutter auf Französisch? – Le
Grand Malheur!

13 Gratifikationsdefizit oder Undank ist der Welt Lohn

Zwischenzeitlich sind wieder fünf Monate vergangen, als das Telefon zu hören war. Man weiß sofort, wenn es klingeling macht, dass einer was von einem will. Etwas gelangweilt griff ich nach dem Hörer, um eigentlich nur die Fliege von dort zu verscheuchen. Doch dann schaute ich aufs Display, wobei mir fast die Augen aus dem Kopf fielen und ich mich erst mal schütteln musste, als ich die Telefonnummer sah. Es war die meiner Schwiegermutter. Taktisch klug ließ ich es noch mehrmals klingeln, um zu überlegen, ob ich das Gespräch annehmen soll oder nicht. Einerseits bräuchte ich mich über das unterwürfige Gespräch nicht zu ärgern, anderseits erstaunte es mich, dass sie nach dem letzten Telefonat meine Nummer überhaupt noch kannte.

Während ich unbewusst auf das Telefon starrte, entwickelte sich eine gewisse Neugier nach Klatsch und Tratsch in mir, die befriedigt werden wollte, so nahm ich das Gespräch an und meldete mich mit:

»Haaallooo?« Eine Expression für den minderwertiger Ersatz von »Guten Tag meine Damen und Herren.«

»Ich bin es«, entgegnete mir die Stimme am anderen Ende. Wer ist ICH? Das Ziel einer Selbstfindung? Oder die Entwicklungsstufe des Menschen, der sich traditionell vom ACH über das AUCH zum ICH entwickelt hatte. Ein »Moin, Moin du alte Nebelkrähe, alles fit im Schritt« hätte voll ausgereicht.

Es war eine männliche Stimme zum einen mit rauer Diktion, als wenn man gerade bei der Taucherausbildung abgesoffen wäre, und zum anderen war es ein reizendes Kieskannenstimmchen, als wenn man als

Kind Bärenmarke getrunken hatte. Dazu eine nasal linguistische Stimmlage, bei dem der Luftstrom ganz über den Nasenraum entweicht. Die Stimme entsprach zu hundert Prozent dem Vater meiner Frau, dem Ehemann meiner Schwiegermutter.

»Ja, Hey«, antwortete ich.

»Du meldest dich ja gar nicht.«

Eine etwas ungewöhnliche Situation, zumal ich doch bereits als frecher, dummer Schwiegersohn mein Fett wegbekam, als ich mich damals erdreistete, ein Veto bei meiner Schwiegermutter einzulegen. An jenem Tag kam ich mir vor, als wenn ich Regina Halmich gegenüber stand.

»Wieso, deine Frau war doch der Meinung, ich wäre frech, weil ich klarstellte, dass ich der Einzige bin, der sich um das Grab eurer Tochter kümmert, es pflegt und mit Blumen schmückt. Ja, und mit frechen Leuten, damit will man doch nichts zu tun haben, das hat sie doch damit bekundet, als sie den Hörer mitten im Gespräch aufgelegt hatte.«

»Davon wusste ich ja gar nichts«, entgegnete er mir. Ist es eine Schutzbehauptung, die ihm seine kleinen Stimmen im Kopf erzählt haben, oder war es die wuchtige Stimme seiner Frau im Hintergrund? Wie damals klingt es noch heute in meinen Ohren, wie das Gespräch mit ihrem Mann angelaufen sein könnte:

»Also das ist eine Unverfrorenheit …, ich bin ganz außer mir …, mein Herz …, oh Gott …, ich glaub, ich überleb das nicht …, ich krieg kaum noch Luft. Ich muss mich erst mal setzten …, eine Zigarette, schnell …, wo ist mein Kaffee? Oh ne …, ich bin ja so was von empört, was der gerade zu mir gesagt hat. Der hält uns doch für dumm! Der meinte doch tatsächlich, dass wir uns zu wenig um das Grab kümmern würden …, oh ist der frech gewesen …, dabei gehe ich doch alle drei Monate hin, oder waren es vier, fünf …? Oh Mann, hat der mich so was von angepflaumt. Das geht so nicht …, also wirklich nicht …, Männe, da musst du was tun.«

Es kann aber auch die Krankheit Alzheimer sein und wenn man Überraschungen liebt, wird man anfangen Alzheimer zu lieben. Man erinnert sich plötzlich an bisher nur stillschweigend akzeptierte Schwiegersöhne und versucht diese derzeit aus der Reserve zu locken.

»Ich wollte nur mal wissen«, fuhr er weiter fort, »was mit dem Grabstein ist.« Aha, daher weht der Wind also, ein aus der Steinzeit verfeinerter Lauschangriff um zu horchen, ob man noch zu seinem Angebot steht.

»Ich habe den Kindern Fotos von Grabsteinen per E-Mail zugesandt und gebeten zu sondieren, um einen für alle geschmacklich treffenden Stein setzen zu lassen. Inzwischen sind fast zehn Monate vergangen und nichts hat sich getan, keine Mitteilung, keine Nachricht, kein gar nichts. Als wenn die Kinder nur am Chillen sind, wo jede Art von Anstrengungen verboten ist und selbst Diskussionen über zwei Wörter hinaus stören.«

Mittlerweile fühle ich mich total verarscht und glaub mir, der Zug mit dem Grabstein ist für mich jetzt abgefahren. Ich habe ein anderes Monument für meine Frau geschaffen, ein Monument, das in Hunderten von Jahren noch vorhanden sein wird, während der Grabstein bereits zu Asche verfallen ist.«

»Ja, das habe ich nicht gewusst. Ich werde mal mit den Kinder sprechen«, sprach er, worauf ich antwortete:

»Bereits vor fünf Monaten wollte auch deine Frau mit den Kindern reden, als ich ihr von den Fotos berichtete. Aber es scheint wohl in Vergessenheit geraten zu sein, da das Gespräch plötzlich beendet wurde.«

Daraufhin verabschiedete er sich noch mit den Worten, dass ich mich doch mal bei ihm Blicken lassen sollte.

Meine Schwiegermutter hing mit Bestimmtheit an der Hörmuschel, um ihrem Wissensdrang entgegenzuwirken. »Also so hab ich das alles nicht gesagt. Ich meine es doch nur gut, schließlich ist es doch meine Tochter gewesen. Ja, und der Hörer ist mir doch nur aus der Hand gerutscht, weil ich so feuchte Finger hatte.«

Wenn es alles wirklich so wäre, warum schickt sie ihren Mann vor, der in seinem Leben gerade mal drei Telefonate geführt hat? Ist es vielleicht die Angst zu wissen, dass ich nicht spiele, sondern beiße; der Arsch, der auf Grundeis geht; der Schiss inne Buchs oder hat das Grauen einen Namen erhalten? Ist es die Angst vor der Wahrheit, denn die Wahrheit ist wie ein hässliches Mädchen – keiner schaut ihr gerne in die Augen.

Im Gegensatz zu der europäischen Rollenverteilung, wo der Vater für das Auskommen und den Schutz seiner Familie sorgt, ist mein Schwiegervater durch die Emanzipation seiner Frau stark verunsichert worden. So versucht er tunlichst seinen Pflichten zu entkommen und verbringt lieber seine Zeit in der Laube.

Aber was hat die Emanzipation gebracht? Frauen rülpsen heute bei Geschäftsessen, schreiben obszöne Sprüche an die Toilettenwände, spucken auf den Fußboden, Fahren ohne Führerschein, prügeln sich sogar.

Bei emanzipierten Schwiegermüttern, die selbstbewusst grundsätzlich auf ihre Rechte bestehen und für Ehemänner und Schwiegersöhne nicht viel übrig haben, handelt es sich um die Sorte alter, schlecht gekleideter Kampfzicken. Hierbei sind jüngere meistens an den Absätzen zu erkennen, die höher sind als die Zicke selber, und an dem Schutzfilm namens Make-Up. Bei älteren hingegen formen Runzeln, Knorpel und Falten das Gesicht.

Zicken entwickeln sich aus Mädchen, oftmals aber auch aus Männern, deren weibliche Züge offensichtlich sind. Bei denen fängt dann alles mit der Eideidei-Sprache an, wobei die Hand eine krüppelige Stellung aufweist.

Zicken haben kein Selbstbewusstsein, halten sich mit Kleinigkeiten auf wie: »Schon wieder ein Fleck auf deinem Hemd«, sind ungerecht, spitz und unehrlich, zur Selbstkritik unfähig, vermeiden jeden Streit:

»Ich bin doch keine Zicke, obwohl ich zu dieser dummen Verkäuferin schon mal richtig zickig werden könnte.«

Zicken tun immer so, als ob andere alle keine Ahnung hätten, und halten sich selbst für den Nabel der Welt. Sie haben einen abschätzenden Blick, sind furchtbar öde und lästern gerne. Mit Abneigung drücken sie ihre Liebe aus, besonders zu den engsten Familienangehörigen. Jeder Fingernagel ist ihnen heilig und bricht mal einer ab, so heißt dieser Abbruchvorgang auf zickisch: »Weltuntergang«. Auch unterbrechen sie mit viel Freude fremde Gespräche, weil sie sich lieber selber gerne reden hören.

Verblüffend ist diese Ähnlichkeit zwischen dem possierlichen Geiß und meiner Schwiegermutter, die sich wie ein Ei dem anderen gleichen. Gleich und gleich gesellt sich eben gern, als wenn das Schweinesystem Grippe bekommen hätte.

Nur mit dem Unterschied, dass meine Schwiegermutter angeblich nicht gut hören kann. Spricht man in einem normalen Tonfall mit ihr, ruft sie schnippisch: »Lauter, ich versteh kein Wort, du redest immer so leise.« Doch bei Gesprächen, die außerhalb normaler Hörweite geführt werden, stellen sich die Ohren automatisch auf Empfang. Eine Explikation, die selbst die Spezies von der Trenchcoat-Brigade aus der Ex-DDR in den Schatten stellen würde. Meistens steht sie plötzlich und unerwartet vor einem und fragt: »Habt ihr mich gerufen?«

14 Einen Blumenkohl ans Ohr labern

An einem der darauffolgenden Tage klingelte wieder mal das Telefon. Es war ein Tag, auf den eigentlich ein bedeutendes Ereignis folgen sollte, das etwas Besonders an sich hat und nicht selten eine neue Ära oder einen neuen Abschnitt im Leben eines Menschen einläutet. Wie der Tag nach einer Atombombenexplosion, wodurch die Umgebung in ein ganz anderes, neues, faszinierendes Licht erschien; die Natur in unbekannten Farben erstrahlte; Infrastruktur weitläufig alles veränderte und die Bevölkerungsdichte sich drastisch reduzierte. Ein Tag, an dem sämtliche Fernsehsender, Internetauftritte und Radiostationen außer Funktion gesetzt werden, um endlich mal

Zeit für die wichtigeren Dinge im Leben zu haben.

Es war wieder mal mein Schwiegervater, der am anderen Ende der Telefonleitung war. Ein Gerät, das erfunden wurde, um Dritte zu belästigen oder um neue Intrigen zu formen.

»Du lässt dich ja gar nicht sehen«, meinte er. Hallo, es ist gerade mal eine Woche her, als wir telefoniert hatten. Soll mein damaliges Verhalten jetzt persönlich manipuliert werden? Er habe mit dem älteren von den beiden Jungs über den Stein gesprochen, der daraufhin mir eine Mail zugesandt hatte.

Sofort ließ ich meinen Laptop hochfahren, um nachzusehen, doch ich fand keine. Vielleicht meinte er auch verwirrenderweise SMS und so schaute ich auf dem Handy nach, aber auch hier war nichts.

»Weder eine Mail noch eine SMS habe ich erhalten«, sprach ich zu ihm.

»Das ist ja komisch«, antwortete er.

Komisch, ein Wort, das jeder Mensch anders versteht, weil nicht jeder gleich ist. So verstehen einige es als komisch, dass man auf älteren Fotos jünger aussieht, andere wiederum wenn jemand das Aussehen hat wie ein Teller bunter Knete. Die einen finden es komisch, wenn man tief in der Scheiße sitzt, die anderen wenn man nach Oma riecht.

So kann es sich auch bei dem Wort »Komisch« um eine Sprachbehinderung handeln, die es ermöglicht, Lügen deutlich zu artikulieren oder die Wahrheit als ein nützliches Heilmittel gegen Unglaubwürdigkeit zu nutzen. So sprach er weiter:

»Er hat sagte, du solltest irgendeinen Stein nehmen.«

Da ist sie wieder, die Gleichgültigkeit, die Scheißegal-Mentalität der Kinder, die Jacke-wie-Hose-Theorie.

Eigentlich sehen Jacke und Hose schon ein bisschen unterschiedlich aus. Das eine hat zwei Beine, das andere zwei Ärmel und wenn man versucht eine Hose als Jacke anzuziehen, wird man den Unterscheid schon bemerken. Nur vom Stoff her bestehen zwischen den Kleidungsstücken keine Unterschiede, sodass es dann wiederum Jacke wie Hose ist, also scheißegal.

Die Scheißegal-Mentalität wirkt sich auch auf Menschen aus, die sich die Kante geben, trotzdem fahren und das ohne Führerschein – nach dem Motto »Ich fahr immer, egal in welchem Zustand«; oder die grad mal 16-jährige Schwangere, ohne Mann, ohne Wohnung, ohne Geld, ohne Familie, ohne Freunde und dann noch arbeitslos – egal der

Staat fängt einen schon auf. Es ist, als wenn man aus großer Höhe auf etwas scheißt.

Aber egal, wie scheiße das Leben auch verläuft. Irgendwo auf der Welt wird es immer einen kleinen dicken Jungen mit Brille und Zahnspange geben, dem die Kugel Eis runtergefallen ist, bevor er daran lecken konnte.

»Ich hatte dir in unserem letzten Telefonat bereits mitgeteilt, dass mich die Kosten des Steines nicht mehr interessieren.«

»Wieso denn das nicht?«, fragte er.

»Weil ich mich verarscht fühle. Zehn Monate musste ich warten, bis der Junge mal seinen Arsch bewegt und eine Meinung zu dem Sachverhalt von sich gibt. Dann noch die Gleichgültigkeit: »nimm irgendeinen«. Wenn ihm der Tod seiner Mutter so was von egal ist, dann soll es auch mir egal sein, wer die Kosten übernimmt, nur nicht ich.«

»Das versteh ich aber nicht. Du hast doch gesagt, dass du ihn bezahlen willst.«

»Ja, das hab ich auch und wenn's nach mir gegangen wäre, hätte bereits ein Monat nach der Beerdigung ein Stein dagestanden. Dann wäre das Grab mit einem gleichmäßigen Stein umrandet gewesen und die Sonne aus Kies würde darüber strahlen. Doch meine Idee war euch ja zu kitschig und so wollte ich nicht diktatorisch allein auswählen, sondern auch euren Geschmack dabei berücksichtigen. Aber jetzt ist der Zug für mich abgefahren. Ich habe bereits ein anderes Monument geschaffen, was in hundert Jahren noch vorhanden sein wird, während der Stein bereits verschimmelt ist.«

Das Gespräch fand daraufhin schnell sein Ende und in meinen Ohren fing es an zu klingeln, als wenn ich hören konnte, wie sich die Schwiegereltern über mich ausließen.

»Los, los, erzähl, was hat er gesagt«, quetschte mit Bestimmtheit meine Schwiegermutter ihren Mann aus.

»Der will den Stein nicht mehr bezahlen, hat er gesagt, weil der Junge sich seit zehn Monaten nicht auf die Bilder gemeldet hat. Er fühlt sich verarscht.«

»Der ist doch nicht ganz dicht, für wen hält der sich denn. Wer soll ihn denn sonst bezahlen, ich hab nur eine kleine Rente.«

Tja, liebe Schwiegermutter, so ist es halt mit der Rente. Wenn man nicht zu den obersten 10.000 gehört, die bereits mit 17 ihre Rente vererbt bekamen, so muss man sich mit einem pennerähnlichen Leben im Alter zurechtfinden, auch wenn man Mieteinnahme von drei Wohnungen hat, die einem ein großes Dach über dem Kopf geben.

Der schlimmste Typ Schwiegermutter ist die Intrigantin, die ihre heimtückischen, bösartigen, perfiden Äußerungen immer außerhalb der Reichweite des Betroffenen bekundet. Dabei ist es schwer, sich zur Wehr zu setzen, wenn man es geschafft hat, die Intrigen zu durchschauen. Meistens wählt sie für ihre Attacken Sachverhalte, in denen zwar schon ein kleines Fünkchen Wahrheit steckt, aber es so sinnlos verdreht wird, dass aus der Frage: »Wie geht es dir?« eine Aufforderung wird: »Halt die Fresse, du §$%&!«

Leider schreckt sie dabei nicht vor Aussagen zurück, die vor Gericht unter den Begriffen Rufmord, Verleumdung oder üble Nachrede geführt werden. So werden sensible Informationen, die ihr gegen guten Glauben anvertraut wurden, bei passender Gelegenheit skrupellos gegen einen verwendet. Oft gelingt es ihr so, die Partner geschickt gegeneinander auszuspielen.

Stellt man sie zur Rede, wird man nur mit Ausflüchten abgespeist wie: »Das habe ich niiiiie gesagt« oder »so was traust du mir zu, ich bin enttäuscht von dir und so was hab ich großgezogen.«

Wenn alle Stränge reißen, ist es besser, man bricht den Kontakt ab, um den Schwiegermüttern den Ernst der Lage damit zu verdeutlichen.

Dann gibt es da noch die Schwiegermütter, die sich förmlich aufdrängen, weil sie der Meinung sind, dass man nichts auf die Reihe kriegt, sie den Dauerkontakt suchen und nicht merken, dass sie wie ein bleischwerer Amboss am Bein hängen. Sie sind Meister in der Kunst der emotionalen Erpressung und der sanften Manipulation, die mit Tränen, Jammer und Klagen der Verzweiflung gewürzt serviert werden. Es sind Schwiegermütter, die selbst mit sich nichts anzufangen wissen und es bedarf schon des »schwarzen Gürtels« in seelischer Selbstverteidigung, um sich von solchen Müttern abzugrenzen.

Ein mütterlicher Urinstinkt ist verantwortlich für das unmoralische Treiben der Schwiegermütter. Sie sehen in den Schwiegertöchtern immer eine sexuelle Konkurrentin, selbst wenn sie abgrundtief hässlich, frigide, unattraktiv sind und mit der schönsten Modeerscheinung leben, der Magersucht.

Die während der Stillphase aufgebaute innige Beziehung der Mutter zu ihrem leiblichen Sohn führt zu einer unkontrollierbaren Eifersucht, wenn der Sohn sich im geschlechtsreifen Alter in eine Frau verliebt. Um die Beziehung nicht aufblühen zu lassen, wird die Schwiegermutter sehr einfallsreich. So werden Blumen an die Schwiegertochter gesandt, denn Blumen sagen mehr als tausend Worte; mit liebevollen Kärtchen, auf denen dann steht: »Ich liebe dich, lass uns Eis essen gehen.« Als Absender wird dann einer der Ex-Freunde erwähnt, also einen ehemaligen Gebrauchten, mit dem dieses Spielchen bereits getrieben wurde.

Schwiegermütter wissen schon, wie man über Blumen eine Nachricht weitergeben kann. So stehen weiße Rosen aus Athen oder Tulpen aus Amsterdam immer im Verdacht, entweder geheime Botschaften zu senden oder einfach einen Abschiedsgruß dem Schwiegersohn unterzujubeln. Geheimagenten nutzten immer schon Blumen für die gut getarnte Übermittlung von anonymen Botschaften. Hier sollte man sein Augenmerk einmal auf die holländischen Blumentransporter lenken, denn was dort an Botschaften transportiert wird …, mein lieber Scholli.

Frauennasen finden den Duft von Blumen anziehend und sehen darin Dankbarkeit und Liebe. Sollten solche Sträuße nicht das erhoffte bringen, werden manipulierte SMS mit viel Schleimigem versandt: »Ich find dich voll süß, möchtest du mit mir gehen?« Bitte ankreuzen:

O Ja   O Nein   O Vielleicht   O weiß nicht

Oder vielleicht die etwas modernere SMS eines Hippo-Freaks:

»Jo, Yeah, du bist so geil, komm lass poppen.«

Damit der Schwiegersohn solche **S**uppen **m**it **S**oße auch bemerkt, werden sie nur dann versandt, wenn die Möglichkeit des Mitlesens gegeben ist, also wenn er direkt neben ihr steht.

Anders herum kann es auch die Mutter der Angebeteten mit ihrem Schwiegersohn machen, nur empfiehlt es sich nicht, Blumen zu schicken, da Männer nur Blumen auf einem frisch gezapften Bier mögen. SMS mit: »Schatz, du hast deine Unterhose hier vergessen, soll ich sie dir zuschicken?« kommen immer wieder gut an. Oder: »Du warst wieder wie eine Bombe, hast es mir so richtig besorgt. Man möchte denken, deine Frau sei eine Niete im Bett.«

Hier freut sich die Schwiegermutter dann auf die Auseinandersetzung der leiblichen Tochter mit dem Schwiegersohn, wobei sie ihre Tochter immer mit den Sätzen unterstützt:

»Vielleicht solltet ihr euch in nächster Zeit weniger sehen«, oder besser: »Ihr solltet etwas Abstand zueinander gewinnen.« Am liebsten aber: »Wie wäre es, wenn ihr eure Beziehung für eine Weile pausieren lasst?«

»Na klar, warum nicht, machen wir in vierzehn Tagen weiter«, ist dann missverständlicherweise von dem Schwiegersohn zu hören. Dabei wurde zwar mitgeteilt, dass man Abstand zu ihm haben möchte, lässt ihn aber im Glauben, die Beziehung hätte weiter Bestand, was natürlich Humbug ist.

Spätestens nach drei Monaten wird er dann merken, dass er nur bis zum endgülti- gen Auszug im Keller geparkt wurde, damit die von der Schwiegermutter regierte Fami- lie über der Erde ein harmonisches Leben führen kann.

15 Der Raubtierkapitalismus hat Tollwut bekommen

Eine Woche später klingelte wieder das Telefon. Ich schaute aufs Display und sah wieder die Telefonnummer meiner Schwiegereltern. Erstaunlich, dachte ich mir, das ist schon das dritte Mal in diesem Monat. Wo vorher fast ein Jahr lähmende Stille, fast schon eine Agonie herrschte, fängt jetzt die Sucht des Telefonierens an? Oder ist es nur eine Begeisterung, ein starkes Interesse, ein unstillbares Verlangen zu telefonieren?

Doch irgendwie erweckte es in mir eine Art Neugier, den starken Wunsch zu wissen, wo da der Hase in der Jauche liegt. Es ist nicht wie das Interesse in der Schule, nein, das wäre extrem klein; es ist eher, als wenn man an einer Dusche von Mädels vorbeigeht und sich plötzlich die Neugier unabdingbar ausbreitet, hineinschauen zu müssen. So nahm ich das Gespräch an und es wurde gleich mit einer besonderen Form des Ausdrucks im Zuge eines Dialogs festgestellt:

»Ich hab gedacht, du kommst mal vorbei.«

»In unserem letzten Gespräch hatte ich dir erzählt, dass ich vorbeikommen werde, wenn es meine Zeit zulässt. Doch im Moment bin ich noch mit dem Nichtmehrdasein deiner Tochter beschäftigt, das muss ich erst mal verkraften«, antwortete ich. Daraufhin wechselte er das Thema und kam auf den eigentlichen Grund seines Anrufes zu sprechen:

»Die finden das alle nicht gut, dass du den Stein nicht mehr bezahlen willst.«

Richtig, da war doch noch was! Nur vage mag man sich an den Menschen erinnern, der mit der Tochter zusammen gelebt hat. Eigentlich ist es ja peinlich, sich nach so langer Zeit daran zu erinnern, doch ist man meistens erst einmal ganz perplex, wenn man ihn erreicht. Es ist, wie wenn man sagt: »Wenn ich mich recht erinnere, haben wir uns schon mal getroffen; jetzt erinnere ich mich auch wieder.«

In Wirklichkeit ist es die Gier nach dem

Geld, an das man sich erinnert, und wenn selbst die Gier den Ekel überwindet, dann frisst sogar der Hund die Fischsuppe, auch wenn sie ihm nicht schmeckt. So wurde wiedermal mein Schwiegervater vorgeschoben, um sich an die Fleischtöpfe heranzutasten, denn je näher man dran ist, desto stärker wird der Speichelfluss und spült alle Bedenken fort.

»Ich bin der Meinung, dass ich mich bei unserem letzten Telefonat klar und deutlich genug ausgedrückt habe, welche Gründe mich davon abhalten, den Stein jetzt zu bezahlen.«

»Ja, aber alle wissen doch, dass du den Stein bezahlen wolltest, und hätte der Junge das vorher gewusst, hätte er damals den Stein gleich mitgekauft.«

»Hätte, hätte, hätte der Hund nicht geschissen, hätte er den Hasen gekriegt. Hätte er sich damals auf meine Mail gemeldet, bräuchten wir uns heute nicht über dieses Problem zu unterhalten. Worin liegt der Unterschied, ob der Stein damals gekauft wurde oder heute? Mallorca und Majorka sind auch keine unterschiedlichen Inseln.«

»Du hast doch drei volle Monatsrenten erhalten, davon kannst du doch den Stein bezahlen, außerdem kostet der doch nicht so viel.«

»Wer hat dir denn den Floh ins Ohr gesetzt? Für das Sterbevierteljahr steht dem Ehegatten die volle Rente der Verstorbenen zu, das stimmt. Aber war ich mit deiner Tochter verheiratet? Jemals am Standesamt das Ja-Wort gegeben? Den Bund des Lebens geschlossen? Nein, ich habe über zehn Jahre mit deiner Tochter in einer unverheirateten glückliche Beziehung gelebt. Und zum Thema kostet nicht viel: na klar, bloß mit Peanuts kann man Affen bezahlen.«

Ich hatte das Gefühl, als wenn ich einer asiatischen Reistafel beiwohne, mit festlich gedecktem langem Tisch, weißen Tischtüchern bis zum Boden, kulinarischen Köstlichkeiten aus dem fernen Osten, die ich gemütlich verspeise, und unterm Tisch eine Asiatin, die mich bedient.

Seine weiteren Argumente waren so unüberzeugend und schwammig wie die Hupen einer Sechzigjährigen und so endete schließlich das Telefonat. Die drei Anrufe galten eher der Zuweisung eines Schuldgefühls in diskontinuierlichen Abständen.

Es ist wie das Füttern meines Katers. Man darf ihm nicht gleich die ganze Dose Futter hinstellen, da er dann sofort das Interesse verliert, also erhält er es peu a peu, als sei es die letzte Dose auf der ganzen Welt. Oder wie der Schnäppchenmarkteffekt, eine psychologisch-taktische Vorgehensweise, bei der gering verfügbare Güter hervorgehoben werden, um das Interesse a la Torschluss-panik zu wecken: »Nur noch ein Stück auf Lager …«, »Nur heute das unwahrscheinliche Angebot …«,   »Heute zwei Artikel für den Preis von einem«.

Allein wäre er nie auf die Idee gekom-men, wegen so einer Lappalie anzurufen, doch mit der gekonnten hinterhältigen An-triebsüberflutung seiner Frau wurde er zu dieser Tat animiert. Die Meinungsbeschleu-nigerin selber traut sich nicht, da ihr durch den ständigen Schweißausbruch immer wie-der der Hörer aus der Hand fallen würde.

Schwiegermütter sind eigenartige Wesen, eigentlich auch sehr redegewandt. Sobald ihr Söhnchen seine Partnerin vorstellt, wird erst mal aus dem Nähkästchen geplaudert:

»… und sein erster Zahn, ach das tat ihm so weh. Ja, dann seine Sandkastenliebe, das war eine tolles Mädchen …«

Danach werden Ratschläge erteilt, sowohl für das private als auch für das berufliche Leben. Hierbei gibt es oft versteckte Konflik-te bei den Hausaufgaben, wo dann immer wieder Worte fallen wie:

»Du kannst doch nicht von dem armen Jungen erwarten, dass er nach der Arbeit noch seine Hemden bügelt, ich hab das auch immer für ihn gemacht.«

Manchen Müttern fällt es eben schwer, ihren Sohn nicht als erwachsenen Mann zu sehen. Für sie ist er immer noch der kleine Junge, der seinen Kartoffelbrei am liebsten mit viel Butter isst. Die Konsequenz daraus sind Fragen á la »Warum kochst du das nicht wie ich?« Das nervt, vor allem, weil es die Schwiegermutter als unzureichend bis mangelhaft zensiert. Hier wird denn erst mal genau erklärt, wie man Salzkartoffeln gar kocht und das von A bis Z.

»Also die Kartoffel, das ist ...« Hier folgt erst mal die ausgiebige Leidensgeschichte der modernen Kartoffel zwischen Soljanka und Wodka, eine Pflanze, die sich nicht ans Tageslicht traut und deswegen unter der Erde wächst. Dann die umfangreiche Erläuterung der Zubereitung:

»... du brauchst Kartoffeln, etwa drei bis vier mittelgroße pro Person, ein hitzebeständiges Gefäß, zum Beispiel einen Kochtopf, viel Wasser, Salz und ein Messer zum Schälen. Beim Schälen darauf achten, dass die Augen, also die Keimstellen der Knolle, die an den kleinen dunklen Flecken zu erkennen sind, mit einem spitzen Messer herausgeschnitten werden.« und so weiter und so fort.

Zum Schluss, also so nach eineinhalb bis zwei Stunden, erhält sie dann noch Rezeptvorschläge aus der Bettlektüre der Schwiegermutter, dem Ein-mal-eins der Hexen wie: Grünkohl-Spinat-Auflauf mit Linsen; Scho-ko-Eclair mit Senfgurken und Hartweizen-bier; Sardellen-Bananeneiscreme mit Sauce Bearnaise und Apfel-Hirse-Pfannkuchen auf Gürteltier-Tartar.

Bevor man sich freiwillig bei lebendigem Leibe die Haut vom Körper abschält, kommt schnell noch der Hinweis: »Mein Sohnemann hat das immer gern gegessen.«

Schwiegermütter haben die Angewohn-heit, sich in alles einzumischen. So auch beim Fußball, wenn man gemütlich vor der Glotze sitzt und nach dem Spiel enttäuscht meint: »Hmm, schade keine Tore«, dann zur Antwort erhält: »Häää? Natürlich! Da sind doch zwei!«

Oder wenn kurz vor der Hochzeitsnacht die Tochter zur Mutter kommt und sagt: »Mama, ich hab da mal eine Frage …« und Mutter verständnisvoll lächelt und spricht: »Keine Sorge, mein Kind, ich werde dir hel-fen. Also, wenn eine Biene auf eine Blume fliegt …« Worauf die Tochter antwortet: »Mama! Bumsen kann ich. Ich wollte nur wissen, wie man Knödel macht!«

Das sind so die Momente, in denen man dem Bestatter eine zusätzliche Summe zah-len würde, damit beim Ableben der Schwie-germutter sie mit dem Gesicht nach unten

beerdigt wird. Sollte sie nämlich nur schein-
tot sein, gräbt sie zumindest in die verkehr-
te Richtung. In den Himmel würde sie ja so
und so nicht kommen, da Drachen nur zwei-
hundert Meter hoch steigen.

Beim gemeinsamen Shoppen sieht seine
Mutter immer die Schwiegertochter als Riva-
lin. Da wird dann auf Kleidungsstücke hingewiesen, als wenn man bei der Altkleider-
sammlung arbeitet, während das alte Monster versucht sich mit einem jugendlichen
Touch konkurrenzfähig zu machen und damit zeigen will, welche weiblichen Reize die
Schwiegertochter nicht besitzt. Oft tauchen
auch Sprüche auf wie:

»In welchem Geschäft hast du denn dieses Teil gefunden? Das steht dir aber überhaupt nicht.« Danach folgen die großen phi-
losophischen Ratschläge, wie man Stoffe
und Farben miteinander elegant kombinie-
ren kann. Gemeint sind dabei Farben, die
sich perfekt auf allen Ebenen ergänzen wie
die Kombination als politische Allianz oder
wie die Kernfrucht, die sich zum Werfen eignet.

Voll Freude möchte man auch sie mit Ge-
schenken überhäufen: »Ja, Mama, auch ich
werde morgen in die Apotheke gehen und
ein Kilo Rattengift für dich kaufen.«

Dann kommt der Frust. »Du bist einfach

nicht gut genug für meinen Sohn.« Eigentlich heißt es: Du bist nicht gut genug für mich, aber wer ist das schon? Es ist also gar nicht persönlich gemeint und liegt wahrscheinlich in der Nesthocker-Beziehung zu ihrem Sohn. Hier soll man auf seinen Standpunkt weiterhin verweilen; denn was nützt es einem, wenn man am Ende dem Drachen gefällt, aber nicht mehr dem Prinzen?

»Wann werde ich denn nun endlich Großmutter?« Eine ideale Frage, die meistens während des Essens gestellt wird und so viel bedeutet wie: Sitzt hier nicht rum, ab mit euch ins Bett! Sie wartet nur darauf, dass die Zeit kommt, in der sie ihr Taschentuch mit Spucke anfeuchten kann, um dem Enkelkind damit die Mundwinkel sauberzuwischen.

Der Lieblingsspruch einer Schwiegermutter ist immer noch: »Ich will doch wirklich nur das Beste für euch beide.« Das bedeutet so viel wie: ohne mich kommt ihr gar nicht klar. Dabei gibt sie ständig ungefragt ihre Meinung ab, mischt sich in alles ein und bevormundet einen immerfort. Wenn sie erst mal ihre Hilfe anbietet, dann begibt man sich auf großen Schritten in ihre Schuld, in eine opportunistische Verpflichtung.

Weitere Bücher des Autors, zu beziehen über www.trediton.de

Eine ironisch-satirische Abenteuergeschichte rund ums Auswandern in die Türkei. Hier werden Erlebnisse geschildert vom Wohnungskauf, türkischer Bürokratie bis hin zu Handwerkern, die gestern noch Bäcker waren.

Die Fortsetzung der Abenteuergeschichte, die letztendlich durch die Diagnose Krebs zur Leidensgeschichte für den Protagonisten wurde, der daraufhin das Vertrauen an die Halbgötter in Weiß verlor.

Seit langem lebt der Protagonist von »Eva« alleine. Das Interesse an einer Partnerschaft hatte er bereits verloren und sich mit einem Leben als Junggeselle abgefunden. Bis er einer Frau begegnet, deren Reizen er nicht lange widerstehen kann.

Eigentlich hatte er meinen Alltag zufriedenstellend eingerichtet und organisiert. Es waren vor allem die Kleinigkeiten die einem im Normalfall kaum bewusst wurden, wie zum Beispiel ohne über etwas zu stolpern, wenn man durch die Wohnung ging.